偏狂者の系譜

松本清張

角川文庫
14614

目次

笛《ふえ》壺《つぼ》

一

案内記によると、土地にできたそば粉を武蔵野《むさしの》の湧水《わきみず》で打ったのが昔からの名物だそうであるが、このそば屋は家の構えの貧弱なこと田舎《いなか》のうどん屋と異るところがない。俺は寺に行きがけに「御宿泊」という看板も読んでおいたから、薄暗い電燈《でんとう》の下でそばを二杯たべ終ると、どうだね泊めてくれるかね、ときいたら五十くらいの背の低い女房がじろりと俺の風采《ふうさい》と老体を改めてみて、へえ、よろしゅうございます、とあまり弾《はず》まない声で答えた。

四畳半の二階に通されたが、想像したとおり、畳《たたみ》は赤茶けて足の裏にしめっぽいし、天井は黒くなって低い。古くて家がいびつになっているとみえ建具《たてぐ》が合っていない。

窓の障子をあけようにも二、三回ひっかかった。

外はすっかり暗い夜になっているが、真黒い杉木立《すぎこだち》の間から星のない空の色がわずかに見える。桜が終りだというのに肌寒い。東京より二度は低いようだ。木立の匂《にお》いがする。

俺はここに泊るつもりできたのではなかった。あてもなく夕方近く電車に乗って、武蔵境《むさしさかい》の駅で降りて歩いてきた。頭の中には思考がなかった。むなしいやるせなさが胸を吹きぬけているのだが、いかにも目的あり気《げ》にやってきた。七十近い齢《とし》なのに足だけはまだわれながら達者である。

寺に着いた時はあたりが暮れなずみ、堂の内は暗かった。案内の僧は蠟燭《ろうそく》で国宝の釈迦《しゃか》を見せてくれた。俺は蠟燭の焰《ほのお》が三尺にも足らぬ黝《くろ》い白鳳仏《はくほうぶつ》を撫《な》でるように照らしたとき、心の中で不思議な落着きができた。空虚な気持に変りはなかったが、今までふわふわと浮いたものが沈潜したようになった。この仏の口辺に俺が若いころ調査に行ったことのある法隆寺の古仏と同じ微笑の名残《なご》りがあった故《せい》であろうか。ともかく、俺は寺を出て、蒼茫《そうぼう》たる幽昏《ゆうこん》に墨を澱《よど》ませたような、亭々《ていてい》と伸びた杉木立のむれを見たとき、今夜はここに泊る気になった。

俺は永いこと座敷に坐《すわ》って真暗い外を見ていた。時々、風が高い梢《こずえ》を騒がしてわたる気配《けはい》があるが、俺の顔には冷たい空気が動かずにいる。いずれ夜が更《ふ》ければ、木立の奥には梟《ふくろう》が啼《な》くに違いない。俺は以前から、自分の死際《しにぎわ》にはこういう寂しい風景が必ず眼の前に在るだろうと漠然と考えていた。俺が幼いころ、親父は女をつくって家出し、零落《れいらく》して木賃宿《きちんやど》住いをしていた。俺は其処《そこ》に二、三日いたことがあったが、そのときの宿の侘《わび》しいありさまは子供心に灼《や》きついて忘れていない。俺は若い時分から自分の息を引取る時の場所が、そのような所ではないかという遠い予感をもってきた。

今夜は俺が帰らぬので貞代はひとりなのだが、俺のことを心配する女ではない。俺が憎んでいることは分りながら、ちゃんとこの女のところにかえってゆく外《ほか》はないことを知りぬいている。貞代と同棲《どうせい》して無断で夜を外で過《すご》すのは今晩がはじめてだが、俺がとても思い切ったことをする気遣《きづか》いはないと判断しているから、その心配もせぬであろう。朝になれば、糸を手繰《たぐ》りよせるように、ひょっこり帰ってくるとタカをくくっているに違いない。年寄りのくせに、子供のような意地を出しても駄目だよとせせら笑っているだろう。

何でもよい、今夜はあの女から離れてここに寝るのだ。何にも考えずに、武蔵野の杉木立の奥で寝よう。俺がこんな気を起したのも、今日は懐《ふところ》に僅《わず》かばかりの金が入ったからである。ある少年向の雑誌社にほとんど日参のようにして頼んで書かしてもらった原稿料だ。若い編輯長《へんしゆうちよう》の煩《うる》さそうな軽蔑《けいべつ》し切った眼を思い出すが、その眼にも俺は恥も怒りも感じなくなった。

俺の、今、携えている汚い風呂敷《ふろしき》包のなかには千頁《ページ》にあまる部厚い俺の著書が入っている。十年前に出版されたものだが、俺の手脂《てやに》と汗が滲《し》みこんで三十年も昔の本のようにぼろぼろに古びている。「文学博士畑岡《はたおか》謙造著、延喜式《えんぎしき》に於《お》ける上代生活技術の研究」という背の金文字も色褪《あ》せ、見開きの「昭和×年帝国学士院恩賜賞ヲ受ク」と印刷した紙も手垢《てあか》で真黒くよごれているが、俺にとってはわが子のように寸時も手ばなせない。いや、わが子以上である。わが子はみんな俺から離れたが、この本だけは俺を裏切ることはないのだ。

俺がこの本を始終携えているのは、この世の愛著《あいちやく》をこれにかけているのだが、一つは些少《さしよう》の原稿料にありつくためだ。今の若い編輯者は勉強が足りない。畑岡謙造の名も延喜式研究の貴重さも知らない。甚《はなは》だしいのは延喜式の概念さえ知っていない。俺は「恩賜賞」の文字を示してわずかに彼らの関心を獲《え》るのである。そして片々たる歴史の解説原稿の売り込みにありつく。俺の身魂を打ち込んで書いた著書は、まるで商人が見本をみせて注文をとる手段と異らない。俺は著書を編輯者の前にひろげるたびに、虚脱したような心になる。

これも貞代が考え出したことなのだ。俺の学者としての生涯を絶った女が、学者としての俺の一生の業績を晒《さら》しものにして、米塩《べいえん》の資《もと》を鬻《ひさ》がせようというのだ。今年、六十九の俺に。

二

俺は貞代が好きなのではない。それどころか憎んでいる。この女の広い額《ひたい》や、縮《ち》れた髪の毛や、大きな眼や、尖《とが》った鼻や、薄い唇など、人なみより大きな顔の道具立てに限りない嫌悪《けんお》と憎悪を感じながら、この女の身体《からだ》から脱《のが》れることができない。世のあらゆるものが空虚になった俺には、貞代の身体に没頭する時だけが充実感を与える。七十近い老いて痩《や》せた俺の身体は、この女を憎みながらその充実感をしゃぶっている。形には見えても、手を触れれば空気のように虚《むな》しいこの世の現象に、この白い脂《あぶら》がのって象牙《ぞうげ》のようにすべすべした固体だけは手応《てごた》えがあった。貧弱な俺の身体が、意志に反して夢中になっているのを貞代は侮りながら知っている。この女も別段俺を好いているのではない。自分より倍も年上の老いた爺《じじ》に何の愛情があろう。が、今となっては無下《むげ》に捨て去ることができない境遇にあった。一つは俺が彼女を憎悪している感情への意地である。一つは俺から奔《はし》っても、前の男がかえってくる見込みがないからである。それと、この女もまた、俺から脱《のが》れては自活が簡単でないからだ。

俺は妻と子を置き去りにし、代々木の家と一万五千冊の蔵書を捨て去った。妻はあの家に(さして多くもなかった俺の収入を切り廻《まわ》して永年の努力で建てた家に)子に養われて老後を送るであろう。子はすでに自活もできる。かれらは俺には他人となった。家も蔵書も失ったが惜しくはない。ことごとく喪失してみれば、いつかはこうなる運命の予感があったような気がする。

学問も、先輩も、友人も、俺は一挙に喪《うしな》った。恩師は怒って俺を捨てた。貞代という女に没入したその代償の高価に人は嘲笑《ちょうしょう》した。しかし、これも失ってみれば、いつかはそんなことになる儚《はかな》いものであった心がする。まだ貞代の身体の方が確かである。

俺が、この世の虚しさというようなものをはじめて知ったのは、俺の師の淵島由太郎《ふちじまよしたろう》先生からであった。最も俺を熱心に推挽《すいばん》して、世に華《はな》やかに出してくれた恩師の淵島先生によって最初の失望と空虚を知ったのである。

そのころ、つまり俺が二十五、六のころ、俺は福岡県の田舎《いなか》の中学校教師だった。

三方が山に囲まれ、一方は平野がひろがっている鄙《ひな》びた地方であった。俺はそこで歴史を教え、自分でも郷土史など調べていた。あるとき淵島先生が文部省の依頼をうけて史蹟《しせき》調査にやってこられることになった。当時、先生は東京帝大教授であり、東大史料編纂《へんさん》所長を兼ね、文部省嘱託であった。この偉い中央の学者を案内するに県庁には人がなかった。そこで日ごろから郷土史など調べていることを耳に入れていた県視学が俺に案内役を言いつけた。俺はこの神様のような高名な学者に接触する機会を得て、躍り上るほど欣《よろこ》ばしかった。淵島先生のその時の調査の対象は筑紫《つくし》国分寺趾《あと》、筑紫戒壇院趾、観世音寺《かんぜおんじ》趾であった。これは俺が日ごろから一ばん熱を入れて調べていたことなので、先生を案内する前の晩など昂奮《こうふん》して眠れぬくらいだった。

先生を博多《はかた》の駅にお迎えしたとき、先生の態度はかなり不愛想であった。県の学務部長が俺を紹介しても、や、とか何とか口の中で言ってちょっとうなずいただけで、何がこの若僧が、という様子がありありと出ていた。俺は今に見ておれ、と心に思っていた。

それから俺は先生を案内しはじめたのだが、どこに行っても、俺は自分の調査した資料を出して説明した。礎石の位置の実測図とその復原図、典拠による相違や実証、出土品の位置、古瓦《こがわら》の拓本《たくほん》、過去帳や寺伝の研究などあますところなくしゃべった。はじめは上《うわ》の空できいていた先生も、次々に案内するごとに出る俺の言葉に耳を傾けるようになり、果はその眼に愕《おどろ》きをみせるようになった。それからどこの学校を出たのか、とか、ひとりでそんな勉強をしたのかとか訊《き》くようになった。とうとう一週間ばかり先生と一緒に歩いている間、すっかり先生は俺が気に入って、君にその気があるなら東京へ出てきて勉強しないか、その便利は図《はか》ってやる、といってくれるまでになった。

胸が慄《ふる》えるほどうれしくなった。いつまでもこんな田舎の教師で草木のように埋《うず》もれたくなかった。俺は先生に頼んだ、その結果、半年ばかり経《た》って、先生は俺を自分が所長をしている東大の史料編纂所員に引き上げてくれた。で、早速《さっそく》に上京したものだった。

あの本郷の赤門から入ってすぐ左にとっつきの、電車通りから見れば高々と伸びた銀杏《いちょう》の樹《き》に飾られた史料編纂所の建物の入口を、俺は胸一ぱいの感慨と希望をもって入った。建物の内部は外からの見かけによらず暗いが、その暗さも数万の貴重な古文書がつくった影のように思え、随喜の涙をこぼした。

そこで俺は八年間、先生の下で「国史資料集成」の編纂の仕事に過した。この歳月の間、自分の仕事についても勉強をしたが、俺はあくまで学者を志していた。そのための研究主題を得るためにそろそろ焦慮《あせ》ってきた。同じやるなら、ありふれたものや、小粒なものはやりたくなかった。淵島先生に相談すると、まあ急ぐことはないよ、そのうち俺が主題をみつけてやろう、と言ってくれたが、いつまでたってもその返事はなかった。あとで考えてみると、先生にも俺に満足を与える題目が考えられなかったのであった。

三

俺は三十二歳の秋に妻を娶《めと》った。それが志摩子《しまこ》である。結婚の翌々年には長男が生れた。それが博和《ひろかず》である。二男の博嗣《ひろつぐ》は五年後に出生した。俺の生涯に無意味な伴走者となった三人の人物は、その五、六年の間に、この世と俺の周囲に出現したのであった。

志摩子は淵島先生の媒酌《ばいしゃく》によった。先生の知人の医者の娘であった。つつましい家庭に育ったのと、目立たぬ容貌《ようぼう》が俺の反対しなかった理由だった。俺はひたむきに学問に志すために、俺の心を奪うような女を妻としたくなかった。その点では、志摩子と結婚したことは失敗ではなかった。彼女は平凡な型の女であり妻であった。俺はさして愛情も湧《わ》かず、といって嫌いもせず、まず思ったとおりの女房であったのに満足した。

先生が俺に結婚の仲人《なこうど》をしてくれたのは、俺に意をかけて居られたためであろうが、特別にそうだからというほどではなかった。先生の媒酌による結婚は他にも無数にあった。つまり先生はそういう方面の世話好きであった。それほど懇意でない人の仲人もしていた。その世話好きは結婚ばかりではなく、出身校の後輩の面倒や、同じ歴史畑の学徒の世話も実によくつとめた。俺は、はじめは先生は親切な人だと思った。

しかし次第に先生の地位に一種の箔《はく》がついてくるのをみると妙なことに気づいた。そのころ、先生は帝国学士院会員になっていた。その他の肩書には、維新史料編纂会委員、国宝保存会委員、神社奉祀《ほうし》調査委員、教育審議会委員、史蹟名勝天然記念物保存委員会々員などがあった。この賑《にぎや》かな肩書は年々に装飾品のように殖《ふ》えていったのだが、その割に、先生の学問上の業績には見るべきものがないのに心づいた。その著書の「日本文化史攷《こう》」にしても「中世封建社会の生活と文化」にしても学者達を満足させる学問的な研究ではなかった。

後進の結婚の媒酌をすすんでするように、学界での世話をよくすることが先生の本領であった。確執《かくしつ》があればそれを調停し、勢力争いが表面に出ようとすればそれをまるくおさめた。嫉妬《しつと》、中傷の坩堝《るつぼ》である学界では、先生のそういう手腕は必要であり、便利であった。いつの間にか先生は顔役となり、優れてはいるが圭角《けいかく》のある学者よりも先に地位ができてきた。ぬけ目なく自分の勢力も養った。

先生がそういう政治家でしかないと知ったとき、俺は目前の巨大な物体がガラスのように透いて見えたような虚《むな》しさを感じた。この世の失望の最初を先生によって知らされた。

それに、そのころ、俺はもがいていた。俺は決して第二の淵島由太郎にはなるまいと決心していた。埋《うず》もれてもよい、野心的な、大きな、一生をかけるような研究がしたかった。その主題がなかなか摑《つか》めなかった。俺は眼や耳から血が出るくらいに焦慮した。

そういう懊悩《おうのう》が一年間もつづいたころだった。ある日、俺は史料編纂所を出て同僚と肩をならべて歩いていた。俺は今でもその時の光景をはっきり憶《おぼ》えている。夕方近くであった。何か他愛ない雑談をかわしながら本郷の坂を湯島《ゆしま》の方に下りていた。鰯《いわし》雲《ぐも》が空にかかっており、夕陽《ゆうひ》になりかけた光が薄赤く雲の縁《ふち》を染めていた。

「なあ、延喜式の研究がやれたらいいだろうな」

と横に歩いていた同僚は何気なく言った。それは全く雑談の途中で、ほんの出まかせで言った思いついたままの言葉であった。もしかすると、夕雲の華やかな模様が彼に平安朝の華麗な服飾を聯想《れんそう》さしたのであろうか。延喜式の本格的な研究が実際には容易なことでないことは常識であった。

延喜式の研究——同僚がふと吐いた一語は俺の心に刃物のように光って突き立った。俺だってその研究が困難で、何人《なんぴと》も手をつけ得ないでいるくらいは心得ていた。が、同僚のその時の一言で眼が醒《さ》めたようになった。誰も手をつけていないことが改めて限りない魅力であった。その夜、蒲団《ふとん》に入ったが、昂奮してまんじりともせず一夜を明かした。海とも山とも分らないが、おぼろながら己れの行く方角が見えた気がした。神が存在するなら、あの時の同僚の口をかりて俺に啓示したのであろう。

八世紀の終りに完成した「延喜式」は官選法文であるが、神道、倫理、風俗、法制、経済、博物、地理、言語、文学、工芸、医薬、産業、飲食、器具、服飾、その他百般の領域にわたり、上代生活を知る資料だ。全五十巻、量の厖大《ぼうだい》と考証の至難で学者の研究から敬遠されてきた。なまなかな者では歯が立たぬからである。

俺は永い間、何度も考えつくした。俺だってこの厖大な「延喜式」全体を対象とする不可能を知っていた。それで範囲を縮めなければならぬ。その領域をどこに限るかである。それで特殊な技術のもの、たとえば典薬寮《くすりのつかさ》、縫殿寮《ぬいどののつかさ》、織部司《おりべのつかさ》に属するようなものは、薬学とか染色学の方面でそれぞれの人があろうから除くとして、結局重点を置いたのは十巻の神祇部《じんぎべ》を中心として、神名帳の考証からはじまる古代氏族の分布、産業、交通、生活器物の研究であった。

俺は淵島先生にこの研究主題《テーマ》を相談した。相談したというものの俺の心の中にはすでに確固として決定していた。先生は話をきくと、二、三度眼《ま》たたきをして俺を見ながら、

「それは大変だなあ。できるかね?」

と、いった。いかにも茫洋《ぼうよう》としたものに直面したような眼附であった。

「やれると思います」

と俺は応《こた》えた。そう答える俺自身の眼にも茫乎《ぼうこ》として涯《はて》の知れない世界に乗り入れ

るような不安な光が宿っていたに違いなかった。

四

その日から二十数年間、俺は「延喜式」と取りくんで暮した。研究は遅々としてすすまなかった。放棄しようと思ったことも一再ではなかった。意のままにならぬため、狂暴な発作《ほっさ》が起って物を手当り次第抛擲《ほうてき》したことは始終であり、真冬に一晩中、野原に打ち倒れて朝を迎えたこともあった。二年も三年も同じところを低徊《ていかい》して少しも先に進まぬこともあった。が、そのような苦悩はあったにせよ、二十数年問という永い歳月をかけてみれば、やはり進行していたのであった。

一つはやはり淵島先生の恩恵であった。先生は俺を自分の旧藩主であるS侯爵家の家史編纂《へんさん》所主任に推薦してくれた。これは東大史料編纂所にいるよりも遥《はる》かに自由な時間があり、収入は二倍も多かった。侯爵家はその仕事にあまり干渉しなかった。いってみれば、家史編纂の完成などいつになってもよいことであり、そういう編纂事業をしていることが旧大藩華族の見栄《みえ》であった。そのため、あまり早く事業が完成してはかえって喜ばれない風が見えた。長い時日がかかればかかるほど家史は壮麗雄大だと思い込まれた。その呼吸が分ってからは、俺はもっぱら自分の研究ばかりしていた。S侯爵家に推薦した手前、俺を有名に仕立てなければならぬと思ったか、先生はしきりと史学雑誌などに寄稿することを慫慂《しょうよう》するようになった。俺は先生の言うとおりに従い、研究途上の断片を発表することにしたが、その結果、俺はいつの間にか上代文化の研究学者になってしまった。少壮学徒として法隆寺の再建非再建の論争にも一役買って出されたのもそのころであった。

俺が有名になりかかると収入も殖えてきた。先生のお声がかりで大学に講師として出講することにもなった。それらの収入はみな妻の志摩子にそのまま与えた。俺は酒も飲まず、道楽もなかったから小遣いのほか、大した金は要らなかった。ただ資料や参考書の購入にはどんな大金でも惜しまず出すことを命じた。

家計は一切志摩子に任せた。十何年間かかって代々木に家を新築したのも、男の子二人に大学を卒業させたのも、ひとりで家計を切り廻《まわ》した志摩子の才覚であった。俺が貞代との事件をおこした時、世間は志摩子を賢夫人だといい同情したのはその才覚をみていたからである。日ごろ、さして亭主と心も通《かよ》っていない女房が賢夫人であるかどうか分らないが、主婦としての才覚はあった。俺は結婚以来、志摩子と一度も箱根などに一緒に遠出《とおで》した経験もなければ、肩をならべて街《まち》に出たこともなかった。彼女も別段にそのことを要求もせず不平にも思っていなかった。俺がいつ家を出ようが帰ろうが表情を動かすこともなく、行先をきいたこともない。亭主がどんなものを研究しているのか興味をもって質問したこともなく、雑誌などに書いたものを読むこともなかった。これほど淡い夫婦仲はなかった。

しかし俺はその方がよかった。なまじっかつきまとわれて研究の邪魔をされたくなかった。一つ家の中では、俺は俺、家族は家族で分離した方が理想的であった。そのため、子供もあまり俺になつかなかった。

研究がすすむにつれて俺は地方に出張することが多くなった。各地の式内社《しきないしゃ》を調査するためであった。その仕事がすんで土地の駅から東京行の汽車に乗るとき、俺はいつも家に土産物《みやげもの》を買って帰ってやるべきかどうかに迷った。土産があってもなくてもどちらでも済む冷たい家庭であった。

俺が貞代を識《し》ったのは研究が六分通り進んでいるころであった。研究の前途にはまだたくさんな困難が横たわっているとはいえ、ようやく昏迷《こんめい》から脱け出て、今までのもやもやとしたものから形のあるものが見え出した時だった。貞代とは或《あ》る女学校の国語科の教師達の集りに出て講演した時にはじめて会った。その席上で何か気負った口調で一番よく質問したのが貞代で、沈黙している同僚の女教員はもちろん、男たちも尻目《しりめ》にかけているような小生意気《こなまいき》な態度が印象に残った。それから幾許《いくばく》もなく突然手紙を寄越《よこ》して、自分は高師の歴史科の検定をとりたいので、これから教えをうけたいが時々お邪魔をしてもよいか、といってきた。俺はそれをみて考えたが、あまり頻《ひん》繁《ぱん》にならぬ程度ならよいと返事してやった。

ある日の夕方、毎日のように行っている高輪《たかなわ》のS侯爵邸から出ると門前に背の高い女が立っていて、俺の顔をみてにっこり笑ってお辞儀をした。その縮れた髪毛とくるくるした大きな眼をみて、すぐ先日の女教師であることが分った。俺は彼女が自宅に訪《たず》ねてくるとばかり思っていたので少し愕《おどろ》いた。お宅に伺うのはどうも気兼ねだったので、こちらに来たが侯爵邸に入ってゆくのが気がひけたから、門前でお帰りになるのを待っていたと貞代は言った。家に来ても構わないよ、と俺が言うと、いいえ、女が訪ねて行っては奥さんがお嫌《いや》になります、と答えた。確信したその言いかたは今までそういう経験を何度もしたという風にみえた。

歩きながら話もできまいと思ったので俺は途中でミルクホールに誘った。よい齢《とし》をして学生のようにミルクホールでもなかったが俺はそんな場所より以外知らなかった。彼女の質問は普通の歴史の平凡なことだが、遠慮がちに訊《き》き、先日の気負った様子はなかったので、あれはその場の雰囲気《ふんいき》のせいかと思った。そしてこの女はそういう場面に刺戟《しげき》される性質だと感じた。話している間、彼女の顔に惹《ひ》かれるところは少しもなかった。二十三歳の女としては老《ふ》けた感じで、それは彼女の職業からくると思ったが、それでも人なみより大きい眼や高い鉤鼻《かぎばな》や薄い唇をみるとむしろ醜い女だという感じをうけるくらいだった。

ところがそれから五、六日して、侯爵邸の前で折からの薄暮の中で彼女がたたずんでいるのをみたとき、これは一途《いちず》に熱心な女だと思った。

その熱心な理由はやがて分った。貞代が俺に話したのは、そういう面会が何回か重ってからだった。わたしの父親は死んで母親が田舎で兄と暮している。わたしは嫂《あによめ》と気が合わずに独りで東京に出てきているが、高師の歴史科の検定がとれたら好《よ》い学校に世話をしてやるという人がある、そうなれば嫂から苛《いじ》められている母親も引き取れるから一生懸命に勉強しているのだと事情を語った。

俺も少し気の毒になって貞代が侯爵邸の前にくるごとに相手になってやっていた。

家に訪ねてきても一向に差支えないというが、どうしても来ない。それで門前に待ち伏せしているような貞代と連れ立ってミルクホールに入ったり、時には小料理屋に入って飯を食うこともあった。ところがある夕方、教える話が長くかかっていつもより遅くなり、すっかり暮れた外に出ると、貞代は暗い通りの向うを眺めて、ああまた来ているわ、と呟《つぶや》いた。思わずその方角をみたが賑《にぎや》かな人通りで何のことか分らぬ。何だときくと、貞代はただ口の中で、憂鬱《ゆううつ》げにかすかに笑った。

五

俺はその時四十六歳、貞代は二十三歳。この二つの齢の傾斜が自分の気持を貞代に動かせたとは思わない。俺は少しも彼女の顔にも若さにも感情を動かしたことはなかったと信じる。それなのに俺が貞代に向ったのはどのような心であろうか。それは今になって漠然と分る気がするが、他人に順序立てて説明することができない。が、それにはこんなことがあった。ある日、俺は貞代と博物館に祝部土器《いわいべどき》を見に行った。そのころ、研究はもっぱら「延喜式」に書かれた神饌品《しんせんひん》の考証にあった。それでこういう考古学の遺物の陳列を毎日見に通っていた。あれは昼だから学校が休みの日曜日だったか、とにかく貞代が一しょに行ってみたいというので連れて行った。種々の土器をみて廻っているうちに、貞代が、あれは何ですか、と指をさして訊いた。それは割に小さな壺形《つぼがた》の土器で、胴に円い穴があいていた。壺ですか、というから、水を入れる壺ではない、そら、胴の横っちょの真中に穴があるだろう、水をいれる壺なら水が流れ出てしまうから壺ではあるまいと説明してやった。では、何ですか、というから、神前の祭祀品《さいしひん》には違いないが未《いま》だに用途の分らぬ品物だ、しかしあの穴を吹くと、音《ね》が出るから楽器ではないかという説がある、名前も笛壺《ふえつぼ》とよぶ人があると言ってやった。

「笛壺。いい名ですこと」

と貞代は言った。それからよく見ていたが、

「あの胴の穴に竹筒でも挿《さ》しこんで吹いたのでしょうか?」

と訊く。俺は、いや、あの穴に口をつけて吹いたんだ、と説明しかけて、はっとなった。あの穴に竹筒を挿し込む、この着想は今まで気づかないことだった。するとこの壺に竹筒をさしこんだときの恰好《かっこう》が俺の目の前に泛《うか》んだ。それは水さしのような形であった、俺は、瞬間、これは楽器ではないと直感した。

俺が「延喜式」の神祇部に神饌品としてよく出てくる「𤭖《はぞう》」という、今まで誰にも分らなかった廃字の実体をこの「笛壺」に求めたのは、穴に竹筒でも挿し込んで吹いたのでしょうか、という貞代の一言から出発した。楽器ではない、式の文中に「酒垂、𤭖、等呂須伎」と大ていならべて出てくるように、これは上から酒を注ぎ竹筒に口をつけて吸う道具なのだ。それにしても女の直感力のすごさには俺はおどろいた。いや、そう思うのは、一つのものを解明し得た学者のよろこびのあまりの過大な驚嘆であろうか。もとより貞代は心に泛んだままを言ったのだが、それを神の暗示ととったのは、己れだけの迷信的な感激であった。

あるいは、それよりも俺の心が貞代に向ったのは、やはり彼女の愛人滝口孝太郎の故《せい》だったというべきであろうか。貞代はなかなかこの情人のことを俺に言わなかった。彼女の境遇については前に一通りきいたが、現在どのような生活をしているか皆目《かいもく》分っていなかった。それを貞代の口から滝口のことを聞かされる羽目になったのは、この情人のいわれのない嫉妬《しっと》からであった。

俺が貞代とミルクホールで話している間、「彼」はいつも外で待っていた。決して俺の前に姿を現わすことはなく、俺と貞代とを監視しているのであった。

「先生に教えてもらえといったのは滝口なんです。そのくせ、先生と話している時間が長いと、とても機嫌が悪いんです。殴《なぐ》ったりするんです」

と貞代は告白した。君が検定をとったら好い学校に世話しようといったのはその人だね、ときくと、貞代はうなずいた。それから滝口が彼女のつとめている学校の教頭であること、妻子のある四十男だということも話した。これだけ聞けば、俺のようなものにも、その男と貞代との経緯《いきさつ》が想像できた。

「それじゃ、もう僕のところに来ないことにするんだな」

「いいえ、構いませんわ。私、とても先生のお話を伺っているのが愉《たの》しいんですの。あの人は普通の人と変っていますから、放っておけばいいんです。私が先生が好きだといったから余計に嫉《や》くのです」

俺は擽《くすぐ》ったい気持になった。

「それで滝口君と君と一緒になるつもりなのかね?」

「いいえ、そんな勇気があるものですか。口さきでは何とか胡麻化《ごまか》していますが、奥さんや子供と別れられないのです。それに、自分が教頭だから私との間が学校に知れるのをとても恐れているのです」

と貞代は言った。女は自分の情人のことを、他人に告げ口する時、そういう訴えるような口吻《こうふん》になるものだとは知らなかった。

俺が貞代に誘われて初めてその家に行ったのは、そんな交際が三月も続いた後であった。彼女は麻布《あざぶ》六本木の諸式屋の裏の離れ六畳一間を借りていた。貧しいが、赤い鏡台掛けや箪笥《たんす》の上の人形飾りなどが若い女の住居らしかった。ちゃぶ台の上に手料理がならべてあった。薄い電燈《でんとう》の光が赤い刺身の上に鈍く当っていた。貞代が俺への礼ごころの馳走《ちそう》であった。俺は酒は飲めなかったが、貞代が折角《せっかく》だからと出した銚子《ちょうし》で少しは飲んでいた。彼女はいつもよりは濃い化粧をし、帰るとすぐ着更《きか》えた派手な着物は真白い割烹着《かっぽうぎ》の襟《えり》を区切ってのぞき、それがいつになく眼を惹《ひ》きつけた。

二時間くらい居て、そろそろ帰ろうかと思っていると、閉めた戸の外を人の歩く足音が忍びやかに聞えた。それはぐるぐる廻《まわ》っているようにいつまでも聞えた。

「滝口君だろう？」

と俺が眼を上げると、貞代はうつむいてうなずいた。俺はさすがに怫然《ふつぜん》とした。

「外で監視することはないだろう、こっちに入ってもらい給え」

と言うと、貞代は、もじもじして赤い顔をした。それから俺が重ねて言うと起《た》って出て行った。戸外で低いぼそぼそという話し声が聞えていたが、やがて二、三度頬《ほお》を打つにぶい音に変った。

六

ある冬の夜、俺は書斎で調べものをしていた。卓上の時計は十時近くを指し、カーテンのすきまに残った硝子窓《ガラスまど》は真暗い外の闇を透かしていた。この闇をみたとき、ふと俺の眼には同じこの夜の貞代の部屋の様子がうかんだ。その部屋に一人の男が貞代と坐《すわ》っている光景を想像した。するとどうしても落ちついて居ることができず、本の活字は空疎になるばかりだった。俺はにわかに用事を思出したと妻にいって家を出た。行ったらすぐ帰るつもりであった。

貞代の家についたのは十一時になっていた。母家《おもや》の諸式屋の暗い露路を入ると、戸は閉《しま》っていたが、すきまからは電燈の光が糸のようにみえていてまだ起きている様子だった。戸を叩《たた》くと、内から、どなた、と貞代の声がした。それから戸を開けてみて、貞代が、まあ、先生、と言った。俺は素早く一間《ひとま》しかない部屋を見たが誰も居なかった。座敷には赤いメリンスのかけ蒲団《ぶとん》が敷いてあった。その辺まで用事で来たのでちょっとのぞいてみたが、もう失敬する、というと、貞代は俺の腕をとって、お茶だけでも上っていってくださいと引止めた。上背《うわぜい》のある大柄な女なので少し圧倒を覚えるくらいだった。あるいはそう感じるのはすでに俺の心が何かに溺《おぼ》れようとしていたのかも知れなかった。

貞代は敷いてあった蒲団を二つにたたんで隅に寄せ、お茶を沸《わ》かそうと支度にかかった。俺は急に、いや、酒がよい、酒があったら出しておくれ、といった。酒の飲めない俺だったが、その場はどうしても酒でなければならぬような気がした。貞代は笑いながら、先生、お珍しいわ、といい、水屋から一升瓶を出した。酒は底に三合ばかり残っていた。その酒は誰に飲ませるために置いてあるのかすぐ分った。俺は意地でもその酒を飲まねばならぬ気持になった。

話をしながら耳を注意したが、戸の外に足音は聞えなかった。今夜はお客さまはないのかね、と俺は皮肉に言ってやった。何を仰言《おつしや》るの、と貞代は俺の眼を逸《そ》らすように薄い唇を開いて笑い、何にもございませんのよ、といって銚子にわけた酒を注いだ。ちゃぶ台の上には小魚《こざかな》の佃煮《つくだに》と焼海苔《やきのり》の皿がならべてあった。俺には早く帰らねばという心とこのままでいたい心とが絡《から》み合っていた。そうしているうちに酒に弱いので胸苦しくなり我慢ができなくなったので横になろうとすると、貞代が座布団を二つに折って枕代りにすげてくれた。

それからどのくらいたったか、かなり睡《ねむ》ったと思ったが案外短かったのであろう、大きな音がしたので眼がさめた。貞代があわてて押し制《とど》めようとする気配《けはい》がする。一人の中年の洋服男がどんどん入ってきて眼の前のちゃぶ台の前にあぐらをかいて坐ると、わざとらしく、貞代に、飯、飯といった。これが滝口孝太郎であった。やせて眼の細い律儀《りちぎ》そうな男だったが、顔を赤く昂奮《こうふん》して息をはずませている。俺は突嗟《とっさ》に起き上る機会を失って眠ったふりをしてうす眼をあけていた。貞代は、はらはらして、それでも茶碗を出して飯をよそった。滝口はさらにわざとらしく箸《はし》や茶碗を台に叩きつけるようにして音をたて、一言も口を利かずに荒々しい動作をつづけていた。あきらかに俺への当てつけであった。

俺は憤りがこみ上った。それは滝口の敵意をもったこれ見よがしの行動からではなく、貞代と滝口とがならんでいる光景への怒りであった。俺は跳ね上るようにして起きると、蒼《あお》くなっている貞代に、

「この人は君の亭主かい？　亭主なら客である僕は挨拶《あいさつ》しなければならないよ」

と仁王立ちして言った。貞代は中腰《ちゅうごし》になって俺の方に手を出したが、俺の胸の中に激しいものはいよいよふくらみ上って、

「君、君は貞代さんの主人か？」

と滝口に詰め寄った。滝口はちらと俺の顔を睨《にら》むように見たが、その眼の光には臆《おく》病《びょう》な色があった。それはここで事を起せば、スキャンダルが知れて「教頭」を逐《お》われるかも知れないという怯《ひる》みだった。彼は黙って立上ると表に出て行こうとした。そのやせた背中にいよいよ俺は憎しみが湧《わ》き、

「卑怯者《ひきょうもの》」

と言うなり、ちゃぶ台に両手をかけると叩きつけた。音たてて土間に茶碗や皿が飛散し、赤塗りの台は白い木肌をむき出して折れた。男は戸口から逃げた。

その夜、俺はとうとう貞代の家から帰ることができなかった。一晩中、火鉢を中にして二人で起きて坐っていた。戸の外には、これも夜を徹して人間の歩き廻る足音が去らなかった。冬の肌さす寒い外でも、滝口孝太郎が帰り得ずに嫉妬《しっと》心に苛立《いらだ》ちながら夜を明かしたのであった。今にして思えば、小心な彼こそ本当に貞代を愛していたのであった。

七

三千枚の原稿用紙に清書し、それを六つに分けて綴《と》じ、それぞれの表紙に「平安初期の器物と生活技術の研究——特に延喜式を中心として」其一、其二、其三と書き了《お》えたとき、俺の生涯の歓喜も生命も燃えつくしたのであった。同僚が道を歩きながらふと洩《も》らした「延喜式研究がやれたらいいな」の一言をきいてから二十数年、ともかくこの瞬間を迎えた。永い永い間ゆめみていた瞬間であった。この瞬間にこのような乾いた虚脱が待ち構えていようとは夢にも思っていなかった。畑岡謙造はこの論文の中に消え込み、残っている俺は残骸《ざんがい》であった。

予期したようにこの論文は学士院恩賜賞となった。政治の上層部とも結び、学界のボスともなっていた淵島先生の発言をもってすれば易々たることであった。つづいて学位をもらった。世間は俺の幸運を羨望《せんぼう》した。このさきどのような輝かしい前途があるかと思ったに違いなかった。

かねてから貞代は俺に同棲《どうせい》を迫ってやまなかった。その執拗《しつよう》に俺は抵抗を失っていた。それでも俺は、学位をとったら、と彼女を抑えていたのであった。学位がとれたらという口実の裏には、古稀《こき》をこえた淵島先生が元気な間に論文を完成しなければ学位はとれないと自分の心をいそがせる気持と、その日は遠い跫《あしおと》だけを聞かせるばかりで永久にやってこないという予感があった。その予感に頼って、彼女から一寸のがれをしている気持だった。あの論文が学士院会の授賞と内定したとき、俺はこの世の中のいびつなものに嗤《わら》いたくなった。その時から俺は貞代の虜囚《りょしゅう》になったのであった。彼女を拒絶する力は無かった。

俺は宮中の賜餐《しさん》の席上で、西欧王朝風な絢爛《けんらん》の壁面を眺めながら灰色を見詰めていた。宮様を中心にして卓の両側には老人の学士会員たちが荘重《そうちょう》に食事の手を動かしていた。俺は末席から死期近い老人達が行儀よくならんだ光景をみた。絶望も一種の内容をもっていた。美しく完成した画面を墨で塗りつぶすような、一切の今までの己れの努力を抹殺《まっさつ》する快感であった。自殺者がぐんぐん崖《がけ》を落下してゆく爽快《そうかい》さであった。

いよいよ代々木の家を出るとき、妻の志摩子は俺の告白を激情の嵐もなく冷静に聞いた。彼女の顔色は憎悪に蒼《あお》すごみはしたが、乱れるほどではなかった。すぐに知り合いの弁護士を電話で呼び、不動産に関する所有権の書類を作製した。俺が門を出るとき、長男の博和は平然として見送り、次男の博嗣は奥でヴァイオリンを鳴らしていた。

俺は六本木の諸式屋の裏に辿《たど》りつき、離れの戸をあけた。

「来たよ」

と俺は叫んだ。

髪の毛の縮れた、背の高い女は立ち上ってきて薄い唇を歪《ゆが》めて笑った。その時、この女も俺の伴侶《はんりょ》でないと直感した。

そうだ、伴侶ではない。どうしてこの女が俺の余生の伴侶であり得ようか。彼女の底意地の悪さ、執拗な自我、表皮の下に流れている冷さを、俺は瞬時に予感したのだ。

俺は自分のこの世の孤独にはじめて泪《なみだ》が出た。

小用に立って戻って寝たがなかなか温《ぬく》もりがもどってこない。足さきが冷える。さきほどから、やはり杉林の奥で梟《ふくろう》がなきだした。あの声をきいていると、ふと俺は延喜式に記されてある匜《はぞう》を思い出した。上部の縁の高い土器の壺《つぼ》である。あの胴の穴に口をつけて吹いたことはないが、吹けばきっとあのような音が出るのではないかという気がする。

この「笛壺」に竹筒を挿しこむのではないかと言ったのは貞代であった。俺はその暗示から出発して匜の実体を知った。それで貞代の何でもない一言にひとりで感激を覚えたが、あの時学問に熱中していた俺はこの女に迷信的な幻影をもったのではなかろうか。しかし、要するに人はこの世の現象にそれぞれ勝手な迷信をつくり、錯誤を冒《おか》し合っているのではないか。

俺はいつか博物館に行き、係りに頼んで陳列品のあの「笛壺」がどんな音を出すか吹かせてもらおう。しらじらと虚《むな》しいこの世に、俺にわずかな充実感を与えるのは、今ではそういう時だけであった。

皿倉学説

一

採銅健也は六十五歳になる。井之頭《いのかしら》近くに住んでいて、週に一度、R医科大学に電車で通う。自宅からバスに乗り、吉祥寺《きちじょうじ》駅から一時間ぐらい電車に揺られて都心に近い駅に降りる。ここから学校までは五〇〇メートルぐらいで、ゆるい坂道を上って行く。

この学校では教授となっているが、べつに講座を持っているわけではなく、ときたま気の向いたときに、孫のような学生に話をしてやる程度だった。学生たちは、高名な採銅教授が顔を見せるというのでかなり集る。

採銅教授が定年で官大を退職してここに拾われたのは、弟子の長田盛治たちの好意によった。生理学の大家として知られてきた採銅健也が名誉教授としてその官大の教授会に危く否定されかかったのはさまざまな理由があるが、主として教授の身辺にとかくの噂があったからである。

六十五歳の彼は、曇りの日は傘を杖《つえ》代りにして、片方に黒い古びた手提鞄《てさげかばん》を持ち、飄々《ひょうひょう》として歩く。背は小さいほうだった。毛髪は真白ではなく、黒いものが残っている。それがかえって汚れた雪のように目障りである。長命をあらわすように眉《まゆ》の端毛が長く、黒い斑点《はんてん》の浮いた顔も年寄の健康を想わせた。ガニ股《また》の短い脚は、ずんぐりとした体軀《たいく》を載せている。

どこから見ても、これがわが国の生理学に大きな影響を与えた偉い学者とは見えない。

「先生、お乗りになりませんか」

と、若い教授があとから疾走して来て車を横に停めることがある。

「ありがとう。でも、運動になるのでね」

と手を振って断った。

ガニ股で歩く彼の姿は小型車に乗っている教授や助教授たちには気の毒に思われた。尤《もっと》も、陰ではこんなことを云っている。

「採銅先生もあれでなくてはね、若い女とは一しょに居られないよ」

それについて極めて卑猥《ひわい》な会話がひき出される。そこは医者だから、しきりとドイツ語や学術語で語られるので部外の他人の前を憚《はばか》る必要はない。

本来なら、採銅老教授もこうして電車に揉《も》まれながら学校に出ることはなかった。採銅生理学として一時期を風靡《ふうび》した泰斗《たいと》だから、当然、官学の名誉教授として麻布《あざぶ》新坂町《しんざかまち》の広い家にぶらぶらしていればよかった。気の向いたときは散歩をし、書斎に籠《こも》り、弟子どもの訪問を引見する生活が出来たのだ。

夥《おびただ》しい蔵書に囲まれた書斎の中にこの老人を置くと、過去の業績とその特異な風貌《ふうぼう》とが融合し一段と権威づけられるはずだった。

師弟の礼を尽したといっても、採銅教授はやはり弟子の好意で今の学校に拾われたという印象が拭《ぬぐ》えない。事実、反官大の学者たちや採銅生理学に批判を持っている教授連は、あからさまに次のようなことを云う。

採銅教授を世話した長田盛治教授は、もともと採銅教授の高弟の一人だが、今ではR大学の主任教授として勢威をふるっている。J大生理学教室主任教授の川上寿一も、採銅健也に可愛がられた弟子の一人だ。

弟子たちは初めのころ、採銅教授の井之頭の宅に集って歓談することがあった。みんな教授や助教授の肩書を付けた人間ばかりである。だが、最近はその数がずっと減って、通知を出しても、多忙だとか、旅行の予定だとか云って欠席の回答が多くなっている。

この現象は、数年前、採銅教授が新坂町の家を出て河田喜美子と井之頭に移っているからだ。

「どうもね、女の居る家で先生に会うのは居たたまれないよ」

その話が出ると、必ずこう云って弟子たちは笑い合う。家も狭い。それに、河田喜美子が元大学附属病院の看護婦だったということも、ほかの弟子たちを寄りつかなくさせていた。

「看護婦時代、いろいろ噂のあった女だそうだね」

と云う者がいる。

医員や入院患者ととかくの風聞が立っていたというのだ。しかし、これは今から二十年近くも前の古い話なので、噂だけが残って事実は確かめようもない。あるいはその確認が出来ないから噂が作られたともいえる。

「あすこの家に行くと、あの女が居るんでね。自分ではいっぱしの医学知識があると思ってちょいちょい横から口を出すから、笑わせるよ」

「いや、普通だったら呶鳴《どな》るところだが、先生は渋い顔をして黙っている。ありゃ、君、女のために抑えつけられてるんだよ。あれじゃ先生が可哀そうだな」

先生が可哀そうという同情は前からあった。そのために弟子たちのなかの有志がずいぶんと奔走して、女と別れさせ、採銅教授を新坂町の家に帰させようとしたものだ。しかし、これは、教授の優柔不断と、女の勝気と、同じくらいに癇性《かんしょう》な老妻千代子の反対で成功しなかった。

千代子も気の強い妻で、たとえば、採銅教授が必要な参考書を使いに取りにやらせても断じて渡さなかった。そのため教授が永年かかって蒐集《しゅうしゅう》した文献も徒《いたず》らに埃《ほこり》をかぶって書庫に眠っている始末だ。

「あれは勿体《もったい》ない話だ」

と、弟子たちは集ると云い合った。

「資料をあすこに置いていては宝の持ち腐れだし、蔵書だって奥さんがろくろく手入れもしないだろうからね、虫食いや湿気で痛むに違いない。ひとつ、あれをわれわれで活用させていただこうじゃないか」

大分前の話だったが、採銅教授の許可を得て、弟子たちが恐る恐る新坂町に伺った。するると、痩《や》せて、額の広い奥さんは、快く弟子たちの求めに応じ、どうか遠慮なく見てくれと云い、必要なら永い間、そちらの手許《てもと》に置いても構わないと云った。それはいいのだが、千代子夫人は訪ねて行った者を誰彼となくつかまえては綿々と夫の悪口、女への嘲罵《ちょうば》を語るのであった。それを聞かされるのが嫌さに、必要があっても借りに行く弟子が少くなった。

「あれじゃ先生が家庭から離れるのも無理はないさ」

と教授に味方する者がある。

要するに、採銅教授は不幸にも悪妻と出来のよくない愛人との女二人を持ったという結論に落着く。

採銅教授には恩給があるだけである。名誉教授のほうは一文もつかない。そのほか、今まで書いてきた著書の印税も年に一度ぐらいは入ってくる。だが、これは悉《ことごと》く新坂町の自宅で千代子夫人が押えてしまった。従って、井之頭の生活費は、今のR医科大学の給料で賄《まかな》うより仕方がない。高弟の長田盛治がそこを心配して教授を自校に引取ったようなものだった。

「君、すまんがね」

と、採銅教授は弟子の誰かに頼むことがあった。

「こういうものを読んでみたいんだ。それに、いま閑《ひま》にまかせて書いているぶんの参考にもしたいんでね、君が借りるということにして新坂町に行ってくれないか」

弟子たちは承知してその使いに行きたいのだが、老夫人の綿々たる恨みつらみの長話には辟易《へきえき》する。のみならず、ふしぎな直感というのか、その本が借り主から夫に手渡されることを夫人はちゃんと察知している。

「変だわね。あなたがこんな本を借りるなんていうのは、ちょっと系統が違うんじゃない？　これまでは、こんなものに用は無かったはずだわ」

採銅教授は遂に自分の蔵書を取り寄せることも諦《あきら》めねばならなかった。

採銅教授が現在の学校に週一回出るようになってからもう五年が経っている。駅から学校に行く途中には、両側に銀杏《いちょう》の並木がある。秋になるとまばゆいばかりの黄色が映え、それが褪《あ》せると根元に葉が積み重なる。冬は小さな裸梢《らしょう》が毛細管のように空に網目を作る。春になるとそこが新緑に茂ってゆく。

採銅教授は、この銀杏の並木を歩くのが好きだった。学校に行く愉《たの》しみは、これを眺めるだけにあったと云ってもいいかもしれない。洋傘を杖《つえ》代りにして並木の下に茫《ぼう》然《ぜん》と佇《たたず》んで上を見上げていることが多かった。

教授は、学校に出ると部屋に腰を下ろし、給仕が持って来た熱い茶を啜《すす》る。茶碗は近所のすし屋が開店祝いに呉《く》れたもので、両手で囲うのにずっしりと太くて手応《てごた》えがあった。

部屋は弟子の長田教授が世話してくれたものだが、陽当りが悪くて狭い。旧館だから古い壁の割目を補った漆喰《しっくい》の白さが目立つ。弟子の長田教授のほうは新館の一等陽当りのいい個室におさまっていた。

部屋の広さも違う。調度もいい。第一、ときどきそこに出かけて行く採銅教授には、そのクッションの発条《ばね》の具合がまことに気持よかった。採銅教授がいま貰《もら》っている備品の椅子は、二時間も坐《すわ》っていると尻《しり》が腫《は》れる。

教授は、その陰の部屋でうつらうつらと半日を過す。呼びにきたら講義に教室に出るが、そのほかは漫然と医学雑誌などを読み耽《ふけ》る。

ときたま来客がある。曾《かつ》ての教え子で、地方から久しぶりに上京する者が多かった。そういうときの老教授は、長い眉《まゆ》毛《げ》の下に納っている穏かな眼を細めて歓迎するのだった。なかにはろくすっぽ名前も憶《おぼ》えていないような弟子もある。現職時代は隆々たる盛名を馳《は》せて、若い学者などは遠くから採銅先生を眺めたものだ。いつも財布の中にはきまった客が来ても彼は外に伴《つ》れ出して歓待することが出来ない。いつも財布の中にはきまりきった金しか入ってなかった。

なかには、先生、帰られるときはご一しょして、その辺で御飯でもいただきましょうか、と云う者がある。すると、老教授はいつも何かの理由を設けて断るのだった。この上、弟子の馳走《ちそう》にはあずかりたくない気持からだった。

二

長田教授は、ときどき、この陽当りの悪い部屋に遊びに来る。それもよほど閑なときか、気の向いたときしかなかった。

老教授は背中をまるめて今は偉くなった弟子を迎える。

長田教授は部屋を見回し、どうも少し古くなりましたな、と云ったり、きたない備品に眼を投げたりするが、どうも大学も金が無くて困っているようで、などと暗に貧しい部屋の言い訳をするのだった。

あとで問題となった笑い話というのがそのときに出た。

「先生、最近の、V医学雑誌をご覧になりましたか？」

長田教授は、採銅教授が出勤の日にはここで雑誌などを見ているので、思いつきといった調子でそんなことを云った。背を椅子に反らせて凭《もた》せ、指の間に煙草を挟んでの姿勢である。

「はてね、何月号だね？」

教授は首をかしげる。V誌というのは医学の専門雑誌だが、二流と見られていた。

「先月号ですよ」

長田教授は、なんだ、読んでいないのかと云いたげに教えた。

「つい見落したが、何か出ていたかね？」

「奇妙な論文、いや、論文とまで云えませんね。雑文みたいなのが載っているんです。音の信号を判断する場所を側頭葉だと断定しているんですがね」

「ほう。断定しているの？」

「そうなんです。ちゃんと証明出来たと云っているんですよ」

「どこの人だね？」

「皿倉とかいう人ですが、四国のK市にある市立病院の内科部長だそうです」

「大胆なことを云ったもんだね。それは推定じゃないだろうね？」

「断定です」

「実験方法は？」

「猿を五十四ばかり使って脳解剖したというんですがね」

「猿を？」

老教授は長い眉毛をあげ、眼をまるくした。先に笑い声をあげたのは長田教授だった。

「学説そのものは以前から、推定として誰かが云っていたことですが」

長田教授は横柄な口を利いた。——ここで横柄というのは、脳生理学については採銅教授のほうが権威だし、彼の先生なのである。採銅生理学は、一時期、各大学の脳生理学を沈黙せしめたくらいで、長田教授は、それを採銅教授から承《う》けているだけだ。彼の博士論文も採銅教授が面倒みたし、以後の研究もかなり長く採銅教授の指導がつづいていた。

いま、その師に向ってこんなことを当然のように講釈めかして云うのは、現在の長田教授の地位の意識から知らず識《し》らずに出た言葉だといえる。

「当人は真面目に考えているらしいですな。近く学会に発表したいと云っています」

「学会に？」

「田舎医者の見栄《みえ》ですよ。えてして地方にいる医者は中央にコンプレックスを持っていますからね。なんとかして自分を中央に認めてもらいたいという強い願望がありますよ。と同時に地方でも自分を偉く見せようという背伸びの気持がありますからね。この人も同じ心理ですよ。……こんなものを学会に出してごらんなさい、わが医学界の恥です」

それから長田教授は時計を出して顔をしかめて眺め、これから会議があるとか云ってそれで用が済んだように悠々と部屋を出て行った。

採銅教授は、テーブルに両手を突いて起《た》ち上り戸棚のほうに歩いた。古道具のような戸棚だが、ともかく、この部屋では唯一の学術的備品だった。内には貧弱ながら書籍や雑誌が積み重ねてある。教授は、その中から一冊の雑誌を探して抜き出した。目次を見て、皿倉という名前のついた頁《ページ》を開けた。皿倉和己とある。皿倉とは珍しい名前だ。一度憶えたら忘れない姓だった。

ざっと読んでみたが、なるほど、長田が云う通り、つまらない文章だった。田舎医者らしく大胆な断定をしている。こわいようなものだと苦笑した。実証なんていうものではない。想像とか空想とか云うに等しかった。

教授は雑誌を戻し、冷たいガラス戸に指を当てて戸を閉める。

「……従って、音の高低や強弱の変化のごとき基本的な音の性質は大脳以下の部位でなされている」

といった経過で、結論としては、長田教授が云ったように、「この実験の結果、音の判断には大脳のうちの側頭葉が重要な役割を占めていることが解明された」となっている。

なるほど、これは当人が何かの名誉慾《よく》に駆られてこんなものを発表したのかもしれない。学者なら、この結論に行くまで、何十年とかかるだろう。学問というものは少しずつ進んでは後退し、低迷して前進するものだ。それも実験医学が現在高度の発達を遂げ、絶えずその実証を随伴するという条件においてである。

第一、猿を五十四潰《つぶ》して実験したというが、猿と人間の脳細胞が異質であることは云うまでもない。他の部分、たとえば、循環器系統や消化器系統では、ヒトと猿やモルモットは類似性があり、共通性があり、それからの推定には納得性があるが、この皿倉説の云う、脳にそれを適用することはもちろん相当な冒険である。

現在の実験医学では、麻酔薬の発達によって或《あ》る程度脳細胞の反応実験をすることが可能である。たとえば、頭蓋骨《ずがいこつ》を切開して脳の上皮に微小電気を通じた実験針を当て、その刺戟《しげき》反応によって験《ため》す方法だが、日本では医療目的以外には禁止されているから不可能である。外国の報告を参考にするだけだが、それとても皿倉説のようなことはいっていない。

採銅教授が脳生理学で功績をあげたのも、複雑な脳のほんの一部に起る現象について証明したにすぎなかった。その後、彼はこれを基礎にして数々の論文を発表したが、それでも極めて狭い部分に限られている。学者は絶えず実証しながら論理を進めて行かなければならないのは無論で、実証の無い論理は学問でなく、空想にすぎないのだ。

脳の働きのなかでも聴覚機構の問題は、まだ未開拓の部分が多く残されている。音はなぜ聞えるかは分っていても、どのようにして聴き分けられ、判断されるかなどは、まだその機構が不明のままになっている。十九世紀の半ば過ぎ、一八六三年にヘルムホルツ（独）が、音は内耳で分析され、それが聴神経に伝わって大脳皮質で知覚されることを発表した。

それに対して一八八六年ラザフォード（英）が、内耳では分析されないで、そのまま聴神経を伝わり大脳皮質で分析、知覚されるという反対論を出した。しかし、ヘルムホルツの説が永く学界の支持を受けていた。

ところが、一九二八年になってベケンシー（ハンガリー生れの米国籍）が模型による内耳では完全に分析されないことを確かめ、またモルモットの実験でも同様の結果を得て、ラザフォード説を裏づけるような発表を行った。

しかし、このベケンシー博士も聴神経まではやっていない。

一体、音が耳殻から大脳に到るまでの道順は、耳殻の中の鼓膜のずっとうしろ、つまり、頭骨の奥深くにしっかりと蔽《おお》い隠された敏感な部分――中耳と内耳である。鼓膜が電話の振動盤のように振動すると、音の振動が中耳にまで伝わる。中耳の中は空気が一ぱいに満たされており、この空気が振動を起して、音の振動は、さらに遠くにある三つの聴小骨に伝えられる。

この三つとは槌骨《ついこつ》、砧骨《ちんこつ》、鐙骨《とうこつ》だが、音の振動は、ここから曲りくねった道を進み、内耳の迷路に達する。この迷路の奥に「コルチの器官」と呼ばれる場所があり、ここに位置平衡の信号を扱う平衡神経（前庭神経）と、音を伝える聴神経（蝸牛《かぎゅう》神経）が出ている。両者を合せて第八神経と呼ぶ。

三

音の振動は、さらに、非常に敏感な繊毛を持った特別な神経細胞を通って聴神経繊維に伝えられる。こうして瞬間に大脳皮質へ届けられるのである。

以上のような音の伝達ルートの刺戟に対する神経細胞の変化解明は、はっきりと未《いま》だなされていない。

尤《もっと》も、一九五二年、カナダの脳外科医ペンフィールドが、麻酔をかけずに患者と言葉を交しながら大脳手術を進め、いろいろな場所を刺戟した。この人体実験によって聴覚、視覚、判断、記憶など大ざっぱの場所は分ってきた。しかし、細部に至ってはまだまだ未知の場所が多い。

外国ではペンフィールドのようなケースがほかに無いではないが、日本では前記のように医師法で診療目的以外の人体実験は禁止されているので、このようなことは実行できない。

従って、もし、同様な実験を試みようとするなら、人体以外の動物しか用いられなくなる。しかし、動物の脳細胞の組織並びに機構と、人体のそれとには根本的な相違点があるから、これによる推定は認められない。

「あんなものを活字にしただけでも笑いものになるでしょう」

皿倉説について、長田の遺《のこ》した言葉がまだ採銅老教授の耳に残っている。実際、その通りだ。学者には大胆な断定は許されない。それは、いつも採銅教授が弟子たちに云っていたことだった。推定は大胆なれ、断定には臆病《おくびょう》なれ——。

空想は伸ばされなければならない。いかなる学問も空想なくしては発達は望めないと思っている。但《ただ》し、その空想をいかに理論化して証明するかが学問になるかならないかの違いである。皿倉という珍しい苗字《みょうじ》の医者は奇抜な断定はしたが、学問的な証明がない。五十四の猿に至っては笑い話だった。

老教授は学校を出て、夕陽の映えている銀杏の並木路をとぼとぼと歩いた。秋が大分深まり、銀杏の黄色が進んでいる。樹の下にもすでに二、三枚は散っていた。まだ葉は青味のほうが強かった。

若い人は羨《うらや》ましい、と思った。おそらく、皿倉和己という人も年齢が少いに違いない。おそらく四十前後であろうか。田舎にいて中央の学界に劣等感を持っている気持はよく分る。嗤《わら》われても、大胆にそこまで云ってのけるのは情熱と若さである。

採銅教授は、電車に揺られて吉祥寺に降りる。電車の中でも痛々しい老人扱いをされて、中年の婦人が席を譲ってくれた。珍しくはない。

駅からバスに乗って自宅に着いた。このあたりは古い家と新しい家とが交錯している。元はもっと淋《さび》しい場所だったが、近ごろ急に騒々しくなった。そういえば、バスの中も、吉祥寺の駅も、勤人の姿が急激にふえてきた。

家は三間だった。玄関が一室と、茶の間兼客間のような部屋が一つと、あとは六畳の書斎兼寝室がある。ここに昼間は机を据え、夜は喜美子が蒲団《ふとん》を敷く。

喜美子は居なかった。玄関に鍵《かぎ》をかけていないところをみると、市場にでも行ったらしい。老教授は座敷に上り、ひとりで洋服を脱ぐ。それをいちいち叮嚀《ていねい》に洋服ダンスのハンガーにかけた。埃《ほこり》の溜《たま》った肩に自分でブラシを当てる。こうしないと喜美子の機嫌が悪かった。よけいな手をかけさせるといって叱言《こごと》を云う。

湯は古い長火鉢の鉄瓶に沸いていた。茶を喫《の》むのが教授の最大の楽しみなので、これだけは喜美子も気をつけていた。その前に坐《すわ》って、やはりすし屋から貰《もら》った湯呑《ゆのみ》茶碗に急須《きゅうす》の湯を注ぐ。

じろじろと部屋を見回した。神経質な喜美子は、部屋の掃除だけは行届いている。畳に塵《ちり》一つ落ちていない。

教授は、長い眉《まゆ》を微《かす》かに寄せた。部屋がきれいになり過ぎている。彼の帰りをさも待っているように、何もかも片付いている。片付き過ぎていると云っていい。

こんなことは珍しくもなかった。学校から帰ると、きまって市場の買物が多い。

採銅教授は、いつでも学校から帰ってよかった。ともかく、学校に顔を出しさえすれば義務は済む。むろん、その学校が懐しいというわけではなかった。母校ではないから知った顔も少いし、表面では、先生先生、といたわってくれるが、親しみがない。

だが、採銅は学校からそれほど早くは家に帰れなかった。早く帰るのが不安だった。

——あの女に遇《あ》わなければよかった、と彼は思う。いつもそんな考えが頭をもたげてくる。

七年前、河田喜美子とはひょっこり通勤途中の駅で遇った。まだ採銅教授が官大の現役でいた頃である。

河田喜美子のほうから彼に笑いながらお辞儀をして来た。彼にはとんと見憶《みおぼ》えがない。すると、向うは狎《な》れ狎れしく、先生、もうお忘れかもしれませんが、わたくしは十六年前に附属病院で看護婦をしていた河田でございますと云った。教授は曖昧《あいまい》に、ああ、そうかね、と応《こた》えた。まるきり見憶えはないが、どこかで見たような気もする。第一、先方の態度から今さら知らないとも云えなかった。

色の白い、ふっくらとした身体の女だった。それほど美人とは思えないが、笑い顔にひどく愛嬌《あいきよう》がある。

君、今はどうしていますか、と教授はついそんなことを云った。あのとき、そのまま別れてしまえば何ごともなかった。すると、河田喜美子は、病院を辞めて結婚したが、それは失敗に終り、今は元の技術を生かして派出看護婦をしています、と云った。事実、彼女は手に着更《きが》えのものを入れているらしいスーツケースを一つ提《さ》げていた。

それが最初の出遇いで、二度目がいけなかった。同じ駅でまたこの女に出遇ったのである。訊《き》いてみると、彼女の属している派出看護婦会の事務所がすぐ近くだという。仕事の無いときは、広い座敷でみんなとごろごろしていますのよ、映画に行ったり、雑誌を読んだり、閑《ひま》をもて余しているんです、と彼女はやはり憎めない笑いを顔一ぱいに泛《うか》べていた。

そんなことがあって、つい採銅健也が彼女の誘いに乗ったのが躓《つまず》きの因《もと》だった。先生ったら、病院にいるころはとても怖《こわ》い方で、近づきがたい神様のようでしたわ、と河田喜美子は彼の横に寝て云った。笑うと歯齦《はぐき》まで見せる。

採銅教授はそれまで女の経験があまりなかった。遊んだといえば、妻を貰う前の記憶だけである。河田喜美子のそのときの肉体が教授の決心を鈍らせた。当時、採銅教授は五十八歳、河田喜美子三十八歳。

妻に一切が分ったのは、彼女との関係がはじまって二年後だった。恰度《ちょうど》、定年の年である。騒動が起った。妻は気違いのようになって女のもとに怒鳴り込んだ。

結局、採銅教授は家に居たたまれなくなり、それまで二人だけのために借りていた家を井之頭のほうに移して同棲《どうせい》した。

退職金のほとんどは女房に与えたが、喜美子が不足を云うので、ようやく、その三分の一を取返した。爾来《じらい》、恩給は妻のもとに大学の事務当局から送らせている。子供が会社に就職して、その給料で妻は生計を立てているが、子供は、一度も父のもとに寄りつかない。

たまに彼のほうから新坂町の家に帰っても、子供は傍から逃げた。——

採銅教授は茶を喫む。喜美子は帰ってこない。

今のR大学の俸給も僅《わず》かなものだった。官学に出ているときの三分の一である。それでも辛抱しなければならなかった。いや、長田の世話をありがたいと思わなければならなかった。

サイドワークは全く無い。喜美子は、あんた、何か書きなさいよ、少しはそんな仕事して家の暮しを手伝ってもらわなければ、少い給料じゃとてもやってゆけないわ、と始終云う。

が、脳生理学などという基礎医学に誰が興味を持ってくれるだろうか。それに、文才も無かった。

採銅教授は、近ごろ、身体の衰えをとみに感じてきている。まだその年齢ではないと思っても歩く足が縺《もつ》れてくる。喜美子は、先生の背中がずっと曲ってきたわ、と云っているが、実際、そのせいか、自分の背丈もたしかに短くなっている。

以前はもっと肥えていた。近ごろは痩《や》せて顴骨《ほおぼね》ばかりが目立つ。他人は、この変化を年齢の進行のせいだとは考えない。女とは二十も違うのだ。どんな陰口が利かれているか教授には想像がついていた。

茶にも堪能《たんのう》して煙草に火を点《つ》けていると、喜美子が帰って来た。足音が忙しそうにせかせかとしている。

「あら、お帰りになっていたの？」

喜美子は割烹着《かっぽうぎ》をつけ、手に買物籠《かご》を持っていた。わざわざ、そんな恰好《かっこう》を見せに来たような気もする。ばかに機嫌がいい。

それでも、顔をしかめて険《けん》のある声で云われるよりは多少よかった。

「市場は混んでいて大へんだわ」

と、彼女は台所で水音を立てながら云った。

「ほんとに嫌になるわ、人ばかり多くなって……そのせいか、市場の値段もずっと上ってきたわ。商売人って、すぐこれなんだもの」

あとの声が教授の耳に針を刺す。給料をもっと多く持って帰れとつつかれているようだった。

教授は煙草をまずそうに喫った。ふいと頭に、今日学校で読んだ論文の一節が浮んだ。

「五十四の猿か」

つぶやくと、

「えっ、何か云ったの？」

と、喜美子が気忙《きぜわ》しく訊《き》き返した。

四

採銅健也は、一週間のうちに六日は家で遊んでいなければならなかった。このときは医学雑誌を読んだり、前に書いた自分の旧《ふる》い論文を読み返したりして暮すほか、近所の散歩に出かけた。コースは決っている。

近い所だと大ていい玉川《たまがわ》上水のあたりをさまよう。狭い川だが、両側に鬱蒼《うっそう》と雑草や笹《ささ》が茂っている。笹も近ごろは黄色く枯れてきた。流れはいつも速く、深そうな水の色をしている。横が雑木林の多い公園だった。祭日や日曜の日は、子供の騒ぎ声がとりわけ大きく聞える。橋がある。歩くにつれて同じような恰好の橋がふえる。渡ると、近ごろ密集した新しい家が目立つ。ここに越して来たときはまだ向うの畑が見渡せたものだが、近ごろは家が壁になっている。採銅健也は杖《つえ》をつきながら歩く。通りがかりにじろじろと他人の家の中をのぞいた。若い夫婦が多い。たまに年寄の姿もあったが、概して老人のほうが働いていた。ピアノの音がゆるく聞えたりする。散歩に出ると、彼は二時間はきまって帰らなかった。家を出て行く時間も一定している。それは自分の意志でなく、喜美子の都合から強制されていた。それが自然と習慣になっている。

留守の間、家で女がどのようなことをしているかおぼろな見当がついている。その予感の始まりはもっと以前からである。はっきりと分ってきたのは半年ぐらい前からだった。

河田喜美子は彼が散歩すると機嫌がいい。

採銅健也は、近ごろ、二十の年齢の開きに何倍かを掛けたくらいの肉体的な距離を女に感じてきていた。疲れやすい。疲労の堆積が急速だった。

採銅健也は散歩に遠い所だと家の近くからバスに乗る。このあたりはまだ雑木林の武蔵野地帯が残されている。林をくぐると荒地があり、藪《やぶ》につづいて畑があった。また林がある。そんな繰返しのなかで古い農家が追われ、新しい家や公団住宅が建っていた。

細い野路がある。雨のあとは、頭の上に蔽《おお》いかぶさった梢《こずえ》の茂みから雫《しずく》が降る。坂を上ったり、林を潜ったり、荒地を歩いたりしているとき、採銅教授の頭に猿が泛んだ。人間の意識は、語呂《ごろ》がよければそれをどこかにしまっておくものとみえる。五十四の猿という数字の几帳面《きちょうめん》さに滑稽《こっけい》があった。

するとそれに関連して昨日読んだその四国のほうの医者の書いた文章の一部が蘇《よみがえ》った。

笑い話だ。粗笨《そほん》を通り越して空想だ。だが、五十四の猿のせいか、妙にその文章が忘れがたい。

採銅健也は、杖を地について立停る。向うの林の上に、うす汚ない灰色の雲がひろがっていた。厚味があって、白けたところと、黒味を帯びたところが何段階にも分けられている。鴉《からす》が高い樹の枝に舞い降りていた。

「神経細胞の一つ一つを測定する微小電極法の応用により、内耳に連なる聴神経の起点である蝸牛《かぎゅう》神経から、終極点である大脳皮質聴覚領に至る間の聴神経細胞が、音の刺戟《しげき》によりいかに変化するかを追跡した。この結果、次のような事実が解明された。①末端に近い神経細胞では、広範囲の周波数——即ちいろいろな種類の音——に応ずるが……」

採銅健也は凝乎《じっ》としている。彼のうしろを農具を積んだトラックが走り過ぎた。

四時ごろ、彼は家に帰った。正確に二時間だった。片手には不恰好な腕時計が嵌《はま》っている。

「あら、お帰んなさい」

河田喜美子の機嫌のいい日だった。杖を取って始末をしてくれる。女の顔はいくぶん上気しているように見えた。化粧が厚めのせいかもしれない。この化粧法に変ったのも、気がついてみると、ほぼ一年前からだった。

「今日はどこまで行って来たの？」

いそいそと畳を踏んでの声だった。

坐《すわ》ったまま、見るともなしに見ると、スカートの裾《すそ》から出ている沓下《くつした》も彼が出かけたあとに取りかえたものだ。

「天文台のほうを歩いて来た」

採銅健也は、大きな湯吞《ゆのみ》を抱える。

「まあ、よく飽きもしないで、あんな淋《さび》しい所を回るんですのね。わたしなんか行ったってちっとも面白くはないわ」

面白いはずはない。おまえなら家のほうがずっといいだろう、と云ってやりたいのを我慢した。

黙って沸《たぎ》っている鉄瓶を急須《きゅうす》に注いだ。

「あら、わたしがしますよ」

少し声が尖《とが》った。

「なにも帰る早々ご自分でしなくてもいいじゃありませんか」

ひとりで勘違いしているな、と思った。こっちが黙っているので、自分のほうがよけいな神経を使っているらしい。

その晩、床をならべて寝た。いつものことだ。採銅健也は、枕もとのスタンドを点《つ》けて本を読む。向うむきに寝ていた女がくるりとふり向くと、

「いつまで読んでいるんですか。いい加減にして灯を消して下さいよ」

と云った。そのくせ、すぐに寝息がつづいている。

一週間に二、三回は決って河田喜美子の寝付きがいい。そのほかは何か苛々《いらいら》しているようで、いつでも床の中で反転していた。

自分では、癇性《かんしょう》だとか、これからの行末を考えると睡《ねむ》れないとか云っているが、そ

れなら、熟睡出来る晩の理由をどこに求めるつもりだろうか。

翌《あく》る朝、採銅健也は学校に行く支度をした。出勤の日ではなかった。

これにはまず喜美子が意外な表情をし、学校では長田教授がおどろいた顔をした。

お年寄が何を思いついて急に学校にやって来たのかと問いたげな表情だった。

「いや、ちょっと君に訊こうと思ってね」

と、採銅教授はバツの悪そうな顔で、自分の貧弱な部屋に弟子の教授を迎え入れた。

「何ですか?」

長田は一応は師に慇懃《いんぎん》だが、ときどきこんなぞんざいな言葉が出る。

「いや、ほかでもないがね。一昨日、君が教えてくれた皿倉何とかいう人の、聴覚神経機構に関する論文だがね」

「ああ、あれですか」

長田教授はなんだというように、股《また》をひろげて窓際の椅子に腰を下ろした。あいにくそこに坐っても陽は射さなかった。

「その人は、前に何か同じテーマで論文を書いたことがあるかね?」

採銅教授は訊いた。

「いいえ、お目にかかったことはありませんよ。尤《もっと》も、あんものを二度と載せるような雑誌は無いでしょうから。V医学雑誌だからこそ取上げたんでしょうね。でも、もう載せないでしょうね」

長田教授は軽く答えた。

「そうかね」

採銅教授はポケットから古びたシガレットケースを出す。

中身は、半分は新しい煙草だが、半分は二つに折った煙草がならべられてあった。

いま、その短いのを指先に取上げ、ゆっくりと口に持って行ってマッチを擦った。

その緩慢な動作を、長田は少し苛立たしそうに眺めていた。事実、彼は忙しいのだ。

これから講義が一つある。それが終ると教授会に出なければならない。

教授会といえば、採銅教授は官大の教授会に出る資格はなかった。

名誉教授という称号は貰《もら》っているが、実権は無いのだ。ここも同じことで、規則としては出る資格はあるが、採銅のほうで遠慮して断っている。

「ねえ、長田君」と採銅教授は云った。

「その人、詳しい論文をどこかに発表しないだろうかね?」

「何ですって？」

長田は呆《あき》れたように教授の黒い斑点《しみ》の浮いた顔を見つめていたが、

「どうしてそんなことおっしゃるんです？」

ふしぎな、と云うよりも少しばかにしたような問い方だった。

じいさん、大分おいぼれてきたな、という眼つきだが、それが採銅自身にはよく分る。だから、彼の言葉も自然と臆病《おくびょう》になっていた。

「君、ちょっと面白そうだからね、詳しいアルバイトを読みたいと思うんだよ」

「先生、それには何か新しい発見といったものが予想されるのですか？」

正面切った問い方で、言葉の裏には、ことによってはそのまま聞き捨てならないという語気さえある。

「いや、そうではないよ」と教授は柔らかく逸《そ》らした。

「当人はずいぶん一生懸命になっているようだ。……近ごろ面白い小説が無いのでね。尤も、ぼくは小説を読んでもよく分らないが、退屈紛れに読物の代りに読んでみたいんだよ」

「ああ、そうですか」

その小説で長田教授は納得したようだった。

「それなら面白いでしょうね。しかし、残念なことに論文は発表出来ないでしょう。雑誌のほうだってもう載せないでしょうし、学会だって相手にしませんからね」

「君、その人、学会に所属しているの？」

「さあ、その辺もよく分りませんね。多分、してないんじゃないでしょうか」

「ねえ、長田君」と老教授は遠慮深く粘った。

「誰かに調べてもらえんだろうか。つまり学会に所属していれば、誰がその皿倉という人の紹介者になっているかだな」

学会会員になるには、理事か評議員かの二名以上による推薦を必要とした。

「そうですね、何かのついでがあれば調べさせましょう」

長田教授は、ようやく陽当りの悪い場所から背伸びをして起《た》ち上った。

五

長田教授からの返事は容易に無かった。採銅教授は一週間に一度顔を出すが連絡がない。長田と顔を合せても、その話が出るではなかった。

いま、調べさせているからもう少し待ってくれという言葉もないのだ。この前、嫌がられるのを承知しながら臨時に学校へ顔を出して頼んだのに、長田はまるきり無関心でいる。

採銅教授が上地由三郎に出遇《であ》ったのは、そんないらいらした気持でいる或《あ》る日だった。お義理だけの出勤を済ませ、校門をゆっくりと歩いて例の銀杏《いちょう》の並木路に向っていると、向うから背の高い男が鞄《かばん》を提げて来るところだった。

上地由三郎とはもう三年ばかり遇っていない。採銅教授からみれば、孫弟子みたいなものだった。

上地は、長田教授の下に付いていたが、最近、近県の私大の教授になったばかりだった。これも長田教授が自分の勢力を張るためにそこに押込んだという噂がもっぱら行われている。

上地由三郎は採銅老教授に慇懃な挨拶《あいさつ》を送った。まだ四十前で、若々しい顔つきをしている。

採銅教授は、この上地が好きだった。学問一途《いちず》に打込んでいる努力が見えるし、第一、自分に対して大そう尊敬の念を持っている。

「君、ちょっと頼みたいことがあるんだがね」

ふいと思いついて採銅は云った。

「君はV医学雑誌に載っていた皿倉という人の論文を読んだかね？」

「はあ、聴覚神経機構に関する実験報告でしたね？」

「そうだ。よく憶えているね」

「はあ、珍しかったものですから」

採銅教授は微笑した。

「ぼくはよく分らないが、その皿倉という人はどういう人なの？」

「なんでも、四国のほうの市立病院の内科部長をしている人だそうですが、学会にはやはり入っています。紹介者は、L大の宇佐教授とP大の佐伯教授です」

「ほう」

採銅教授は眼をまるくした。

「どうして、君はそれを知ってるの？」

「はあ、この前、長田先生からそれを調べてくれと云われたものですから」

長田はちゃんとこっちの頼んだことをやっている。しかし、おれには上地の報告を教えていない。——採銅教授は、皺《しわ》の深い顔に微《かす》かに血の気をのぼせたが、そのことは黙っていた。

「先生。先生は何か皿倉説に興味を持っていらっしゃるんでしょうか?」

若い上地教授は何も知らないで訊いた。

「そう。まあ、荒唐無稽だが、読んでみて面白いと思ったよ」

「はあ。どういうところが面白いんでしょうか?」

上地教授は遠慮深そうに訊いた。

「そうだね、なんと云うか、今までの常識と違ったところを打出したところが面白い」

「はあ」

上地教授は黙っていたが、どうも不満らしい。尤も、これは誰だって不満であろう。

上地は控え目に質問した。

「面白いには面白いんですが……」

とおとなしい声で、

「でも、ただ、今までの学説と違っているから面白いということはどうでしょうか。

つまり、あれはたしか、猿を五十四実験したと書いてありましたが」

「そうだ、猿五十四だ」と採銅教授は断言した。

「猿とヒトの脳の組織は違いますから、そんな実験でどうでしょうか。つまり、聴覚の分析は出来ても、人間としての理解、分析、認識という点で随分と開きがあると思いますが」

上地は遠慮そうに抗議的質問をしている。長田教授の弟子だから、いや、弟子でなくとも、これは当然だった。

「だから、ぼくは学問とは云っていない」と採銅は答えた。「ただ着眼として面白いと云っただけだ」

「しかし、その着眼も学問的論理の上に立たないと、ただ想像にすぎないでしょう?」

「そう、想像だ。空想と云ってもいいよ」

採銅は逆わなかった。若い学生の質問を愉《たの》しそうに翻弄《ほんろう》していた曾《かつ》ての講壇時代が思い出された。

「まあ、そんな議論はどちらでもいいがね、面白いことはたしかに面白い。そこで、君に頼みというのは、皿倉という人がどういう人物かを、L大学の宇佐君に、君から個人的な手紙で問い合せてほしいんだ。……ぼくからそんなことをすると、ちょっと影響があると思ってね」

影響とは、採銅教授のような老学者からそんな照会の手紙が行ったとなると、それが学会に意外な波紋を起さないとも限らないからだ。採銅教授はまだまだそれだけの幻像を持たれていた。

「はあ」と上地はうつむいていたが、あまり気の進まないふうだった。

「長田君には黙っていてくれたまえ」

と、教授は上地の気持を察したように云った。

「これはぼくの個人的な頼みだからね。長田君が知ったら、お互い気まずいかもしれない」

長田は皿倉説が真向から気に入らないでいる。その弟子の上地が、皿倉氏について訊き合せたと分ると、その程度でも師の長田に憎まれるに違いなかった。

採銅も、そんな迷惑な頼みをこの若い教授にしたくはなかったが、ほかに手づるは無かった。それに、この男なら自分の頼みを気持よく聞いてくれそうだった。

「分りました」

と、上地はその白い顔をかすかにうなずかせた。

六

上地由三郎が吉祥寺の自宅に採銅健也を訪ねて来たのは、冷たい雨の降る日だった。彼は洋傘を狭い玄関の片隅に立てて、出て来た喜美子に、採銅先生にお目にかかりに来ましたと云った。その声が奥で本を読んでいた採銅の耳に聞えた。彼は自分で玄関に出て、さあ、遠慮なく上りたまえ、と云った。

はじめてこの家に来た上地は、家の中の様子に気の毒そうに眼を伏せていた。これが曾て医学界を風靡《ふうび》した大教授の住居だろうか、と意外に思っているらしい。はじめてここに来る人間はみんなそんな表情をする。

「わざわざこなくても、学校で聞いてもよかったのに」

採銅健也はうっかりそう云ったが、そうだ、学校では長田がいるから、上地には都合が悪いのだろう、と気がついた。

「この前先生に云いつかったことが大体分りましたので、ここに要領だけを書いて来ました」

上地は懐ろから茶色の封筒を出し、それを採銅のほうに向けて両手で差出した。

「どうもありがとう」

採銅は褞袍《どてら》を着ていた。これも見るからに粗末な布で作られてある。採銅は胡坐《あぐら》をかき、前から股引《ももひき》をのぞかせ、封筒の中身を取出した。

皿倉和己の略歴が書いてある。生年月日から推すと、現在三十八歳になる。出身学校は、京都のS大になっていた。学位は取っている。L大の宇佐教授との関係は、同じ教授の指導をうけたということで、兄弟弟子であった。その宇佐氏の言葉として、皿倉氏は稀《まれ》にみる学究の徒で、これまで生理学とはやや違った方面を勉強していたが、今度の論文は、それにも興味を持って努力していることを証明するものである、とあった。

妻との間に一男二女がある。現在の市立病院は十五年勤続で、性格は極めておとなしい。学会にはこれまで一度も論文の提出をしていない。――

「なるほど、よく分った」

採銅健也は、手紙をたたんで封筒に戻した。

「これで見ると、皿倉という人は、脳生理学にはあまり基礎的な勉強をしたというほどではなさそうだね」

と採銅は云った。

「はあ、なんだかそのようです。しかし、皿倉さんは次の学会に論文発表の希望があるらしいです」

「発表だって？　これをかい？」

採銅は少しおどろいた。Ｖ医学雑誌のような二流の場所ではいわば非公式な発言なので、それほど問題にはされない。従って、否定は黙殺というかたちで現われるだけだが、正式に学会での研究発表となれば、否定派から存分に叩《たた》かれることになる。

公式の場で致命的な批判を受けると、かえって当人の医者としての評価まで喪失しかねないことになる。その辺のことがこの人には分っているのだろうか。やはり学問の怕《こわ》さを知らない田舎医者とも云えそうだった。

採銅健也の眼には、寄ってたかって袋叩きにされている地方学者の姿がありありと映るのだった。

「長田君は、皿倉君が学会に発表する意図のあることを知ってるのかな？」

「はあ、ご存じのようです。……実は、わたくしがそれを聞いたのも長田先生からです」

上地はやはり眼を伏せたまま云った。広い額の恰好《かっこう》がよかった。若いので、黒々とした髪がきれいに左右に分けられている。もみ上げの剃《そ》り跡に若さが匂っていた。

喜美子は茶と菓子とを置いて、そっと上地の横顔を見て退った。菓子はかなり上等なもので、わざわざ買いに行ったものらしい。普通の来客にあまりこんな菓子は出さない。

「長田君はどう云っていた？」

「はあ……こういうのを出すようだったら学会の恥辱だとおっしゃっていました」

「うむ……君、今度の当番校はどこだね？」

「はあ、H医大でございます」

学会は年に一度開催される。ここで学術研究の論文の発表があるのだが、それは所属大学の輪番制になっていて、年毎に主催校が違う。学会の会長は、その当番校で担当することになっていた。

「H医大というと、伊吹君だな」

伊吹教授は直接には採銅の指導を受けなかったが、それでも彼の曾ての勢力下にあった男だった。

「伊吹君はどう云ってるんだろうな。やはり長田君と同じ考えだろうな?」

採銅がそう云ったのは、学会に論文を提出しようとするには、まず、その梗概《こうがい》を短い要旨にまとめて会長のもとに提出する手続を経なければならない。これを学会に発表させるかどうかは会長の権限に任されていた。

採銅の頭にすぐ来たのは、皿倉の論文がまずその手続の段階で抹消されるのではないかという懸念だった。

「さあ、伊吹先生のことはよく分りませんが、多分、駄目じゃないでしょうか」

上地はやはり控え目に同じ予想を云った。

「そうだろうな」

五十四の猿がまた唇から出そうだった。皿倉説には、この五十四の猿が唯一の実験データになっている。しかし、猿を五十四殺そうが、百匹殺そうが、ヒトと同じ脳髄ではありえない。

「先生は、皿倉説を相当注目されてらっしゃるようですが」

と、採銅が黙っているので上地はつつましげに訊《き》いた。両膝《りょうひざ》をきちんと折ってその上で指を組合せているのは、あくまでも大先輩教授の前に坐っている礼儀だった。

「いや、学問的な注目はしないがね。ただ変っていると思うだけだよ」

採銅は、うっかりしたことを洩《も》らすと、上地の口から長田に伝わりそうな不安もあったので、言葉は慎重にした。

「興味といっても、空想的な面白さだけだからね。そうか、やっぱり伊吹君のところで駄目だろうね。……いや、ぼくが読みたいのは、その要旨ではなく、研究論文だがね。これは寝転がって読むに恰度《ちょうど》いい小説だと思っている」

「はあ」

おとなしい上地は、それからすぐ帰った。採銅は継ぎの当った褞袍を着て玄関まで見送った。

喜美子も上地を玄関の外まで送って出たが、戻って来ると、まだ突っ立っている採銅を見上げ、

「あら、変な恰好をしてるのね」

と顔をしかめた。若い上地を見た直後では、採銅のじじむさい姿がいかにも汚なら

しい年寄に映ったのかもしれぬ。

おまえは勝手なことをしてるのだからいいではないか——と採銅は肚《はら》の中でつぶやく。彼はまた、つくねんと坐り、湯呑《ゆのみ》に手を出した。急須《きゅうす》から冷めた茶を注ぎ、背を屈《かが》めて口に持って行く。われながら縮こまった姿だと思う。

——H医大の伊吹は皿倉の論文発表を蹴《け》るだろう。論文要旨を見ただけで失笑するかもしれない。同じ嘲笑《ちょうしょう》は学界から一斉に湧きそうだった。当然発表は断られる。

採銅は、なぜ、こうも皿倉説に惹《ひ》かれているのか、自分でもよく分らなかった。ただ着想が面白いというだけだろうか。それとも五十四の猿が滑稽《こっけい》な印象になっているからだろうか。

猿に麻酔をかけ、頭骨を切開して脳の底に電極を通じ、さまざまな個所を試験し、その反応によって大体の推定が出来ることは、今では実験医学の発達したせいでほとんど常識となっている。しかし、猿は猿だ。人間の言語を発しない。どこで知覚するかは分っても、分析や感覚、判断などは人間の言語反応によってしか確かめられない。

しかし、現在、漠然としたところは分っている。だが、これは推定だ。しかし、推定ではあっても、ほとんど学界の定説みたいになっている。外国の実験例からも、そのことはかなり確実視されているのだ。

しかし、次の皿倉説のように、独断のかたちで大胆に断定した説はこれまでにない。

曰《いわ》く……、音の高低は、いろいろな実験例によって、大脳皮質よりずっと手前の間脳部で弁別し、知覚する。人間では聴神経細胞の音の刺戟《しげき》に対して分析や整理が非常にシャープである。……

つまり、これまでは、聴神経の中枢に向うに従って選択性が強くなり、完全に音の高低や強弱を分析、知覚するのは大脳皮質だろうと推定されていたのが否定され、さらにまた、従来、下等動物の場合は音の刺戟があまり整理されておらず、終点の大脳皮質で判断するだけであり、これに較べると猫や猿はそれより整理がシャープであると分っていただけなのに、人間の場合が摑《つか》めなかった。

曰く……、開頭した被験動物に話しかけ、また音を聴かせながら、大脳皮質各部に木綿針を刺し、オッシログラフに出るスパイク（波型）を観察、また、その返事を聴きながら、聴えた音、言葉の信号のかたちをどこで判断するのかについて追及した。

その結果、大脳のうちの側頭葉及びその周辺の部分が突き止められた。……

七

次の学会は、あと三ヵ月で来る。発表論文の受付は間もなくだった。

採銅教授は、銀杏《いちょう》の並木路を歩いて学校に出るたびに、長田教授から皿倉説の成行きを聞こうと思いながら、どうしてもこちらから切り出せなかった。

銀杏の並木路は落葉が散り敷いている。裸になった梢《こずえ》の先が空に震えていた。その寒々とした風景が自分の心の中にもある。長田教授の表情自体が採銅健也の心を閉ざすのだった。

長田は決して寡黙でもなく、無愛想な男でもなかった。ほかの教授や助教授、助手に囲まれて、機嫌のいい大きな声が彼の部屋から廊下まで洩《も》れることが多い。また、各学校に散らしている彼の勢力下の者が訪ねて来ると、必ず夜まで引留めて夕食を馳《ち》走《そう》する。

だが、採銅教授に向うと、彼の態度が鯱張《しゃちこば》ってくるのだった。まるで長田の心に採銅の影がすっと冷たく蔽《おお》うようになるらしかった。もちろん、師弟という関係はある。しかし、自分が主任教授をしている学校に恩師を迎えたのだから、何かと煙たいには違いなかった。その心理はよく分る。

採銅教授が官大を定年で辞めざるを得なくなったとき、教授の薫陶《くんとう》を受けた弟子たちが集り、その後の身の振り方を相談し合った。殊に採銅教授の場合は家庭的に複雑な事情がある。生活費も二重になっているわけだった。

名誉教授には俸給がつかない。ただ、これまで勤めあげた恩給がある。普通こうした場合、他の学校が引取って、現職時代の給料から恩給を差引いた残りをその教授に差上げるという慣例になっている。また、学校によっては恩給を問題にせず、当人の現職時代そっくりの給料を払うところもあった。

採銅教授の待遇は前者の場合だった。

弟子たちが教授をどこの学校で世話するかを協議したとき、結局、長田教授に白羽の矢が立った。採銅教授の高弟の一人だし、東京に居るということが大きな条件になっていた。長田が恩師を自分の学校に引受けたのは、このような事情からだったが、当時、それは師弟の美談として学界にひろく伝えられたものだった。

虚飾と見栄《みえ》だけの美談！　空疎な師弟愛。——

採銅教授は、そんなことを虚《うつ》ろに考える。しかし、今となっては、この学校を去るだけの勇気は無かった。その日から生活費に窮することは分りきっている。——学校に出た日、彼はうつらうつらととりとめのないことを考えていた。夏の暑い日は、蝿叩《たた》きを持って窓に翅《はね》を鳴らしている蝿を潰《つぶ》す。冬になると、小型の電気ヒーターを足で挟む。

ようやく寒くなってきた。学校側ではまだ、その電気ヒーターさえ持込んでくれなかった。板の間は腰掛けていても冷える。陽当りが悪いため、陰の部分から寒冷の気が立昇って来るようだった。

長田教授の部屋はいい。冬でもまるでサンルームみたいに陽が射すから、よほどの厳冬期に入らないとストーブの必要さえないくらいだった。

その長田教授とは、ここのところしばらく遇《あ》わない。彼が採銅教授の部屋にめったに降りてこないからだった。皿倉説はどうなったかを訊きに、わざわざ長田の部屋に上って行くのも大仰《おおぎょう》すぎるし、何かの立話のついでに訊くのが自然であった。しかし、先方からここまで降りてこないから、その機会も無い。

採銅健也は、よほどH医大の伊吹に直接手紙を出して、皿倉博士が学会発表の論文要旨を送って来たかどうか、それを受付けたかどうか、一切の経緯を問い合せようと思ったが、ここでも自分の名前が邪魔することに気づくと、それも出来なかった。

そうした或《あ》る日である。

突然、新聞社の学芸部の肩書を持った、肩幅の広い、眼鏡を掛けた男が面会を求めて来た。珍しいことである。

マスコミなどに全く乗りそうもない採銅教授のところには、曾《かつ》て新聞記者の来訪があったことはなかった。ただ一度、官大教授を辞めて名誉教授となったとき感想など訊かれたが、翌日の新聞を見ると、一、二紙を除くほかほとんど記事になっていなかった。

どういう用件だろうと面会の学芸部記者が二、三世間話めいた前置を云っている間に考えていると、

「ときに、先生は皿倉説というのをご存じでしょうか?」

と、やっとメモをポケットから出した。

「皿倉?」

教授は意外に思った。学芸部というから、教育か学校関係のことでも訊かれるのかと思ったら、思いがけない質問であった。

「ほう、よくそんなことをご存じですね?」

するると、その記者はにこにこ笑いながら、実は、わたしは医学方面を担当していますので、と云った。道理で、とうなずく。

「この前、皿倉という四国のお医者が、V医学雑誌に聴覚に関する脳作用について短い文章を発表していますが、先生のお目に止ったでしょうか?」

「ああ、あれは読んでいます」

教授は答えた。

「で、あれについてはかなり活潑《かつぱつ》な反対意見が動いているようです」

「ほう、それは、君、本当かね?」

意外だった。黙殺されているかと思うと、相当な反響があるらしい。

「そうなんです。雑誌に活字とはなっていませんが、ぼくが動き回っている先では、必ずその話が出ます」

「むろん、批判だろうね?」

「批判というよりも、まあ、なんと云いますか、皿倉さんには失礼ですが、嘲笑《ちようしよう》の的ですね」

「うむ、やっぱりね」

教授は、突然、寂しい顔をした。

「それについて一ばんの否定論者が、こちらの長田先生です」

「なるほど」

長田なら、さもありなんと思う。自分の前ではあまりそれにふれなかったが、いつかこの問題で話したときの彼のうすら笑いがまだ眼に残っている。

「ところで、これは或る方から聞いたんですが、先生はその皿倉説にかなり好意的だそうではありませんか？」

新聞記者は、早速、鉛筆を斜に構えた。

「ぼくがあの説に好意を持っているというんですか？」

「はあ」

誰がそんなことを云い出したか聞くまでもなかった。すぐ長田だと見当がつく。あのとき、あまり長田の意見に積極的に賛成しなかったのが彼の気分をこわしたものらしい。嘲笑したような眼つきをまだ覚えている。

「いや、決して好意的ではありません」と教授は否定した。「誰が云ったか知りませんが、ぼくは空想としては面白いと云っただけですよ」

「ははあ。空想とおっしゃると、やっぱりあれを否定なさるんですね？」

「もちろんですよ。あんなものは学問以前かも分りませんね。ただ、着想としてはぼくは面白いと思うんです。つまり、空想ですね。この空想の限りでは大へん奇抜だと思っただけです」

新聞記者はうつむいて鉛筆を二、三行大急ぎで走らせてから、また顔をあげた。

「それは面白い御意見です。実は、今までこのことについてほうぼうの先生方の御意見を叩いたのですが、そういうお言葉を云われた方は、採銅先生を除いて一人もありません」

「そうだろうね。ぼくは学問で云ってるんではないんだからね」

教授は指で机の上をこつこつと叩いた。

すると、突然、或る考えが泛《うか》んだ。自分でも、はっとしたのだ。これは、もしかすると長田の罠《わな》かもしれない。新聞記者を使ってこちらの意見を吐かせ、それを記事にする。記事といっても、書く記者の主観によっては内容的にニュアンスが違ってくるだろう。つまり、皿倉説を認めるような談話を書くのだ。すると、それをほかの学者たちが読んでおどろく。そこに長田が宣伝して回って、採銅先生も困ったものですね、あんな発言をなさるようでは少し耄碌《もうろく》されたのではないでしょうか、われわれ弟子としては名誉ある先生のために何とかしなければいけませんな、などと仔細《しさい》ぶった顔で云いふらしかねないのだ。

採銅健也は、この陰謀に気づくと、心に氷を投げ込まれたような気持になった。

「君、断っておくがね。ぼくは皿倉君の説をむろん承認してるわけではなく、肩を持ってるわけでもないからね。君も知ってるだろう。ぼくは生理学者として多少脳生理にも関係を持った男だ。そして、ぼくの説は世界的にも認められている」

「はあ、それはもちろんそうです」

記者は、今度は大きくうなずいて同感を示した。

「だから、そういうぼくが莫迦《ばか》げたことを云うはずはないですよ」

「はあ、よく分っています。……いや、わたしはまた、先生が皿倉説を大へんご贔屓《ひいき》なすっていらっしゃると聞きましたので、それで失礼ながら確かめに来たのです。まさかそんなことはなかろうとは思っていましたが」

「君、名前を云わなくてもいいが、そういうことを云い出したのは、ぼくの極く近いところにいる人かね?」

多少意地悪いとは思ったが、そう訊《き》いてみた。すると、新聞記者は困った顔をして、

「どうか取材ソースのほうはご勘弁下さい」

と二、三度つづけて頭を下げた。

八

採銅教授は、新聞記者が起《た》ち上りかけるのをあわてて止めた。そうだ、恰度《ちょうど》いい機会だ、この男にH医大の伊吹が皿倉説の発表を阻止したかどうか訊いてみよう、と思った。

「伊吹さんは当番校の責任者として、皿倉さんの学会発表を拒絶なさったそうです」

新聞記者は知らせた。

「ほう、やっぱりね」

教授は落胆した。心の半分ではそれでよかったという安堵《あんど》もあったが、それを上回っての失望だった。

その表情が知らずに顔に出たのだろう、新聞記者はしばらく見つめていたが、

「先生がさっきおっしゃったような理由で皿倉説に興味をお持ちでしたら、ここに論文要旨を写して参りました。なんでしたら、ご覧に入れても結構です」

と誘った。

「ほう、そうかね」

教授は忽《たちま》ち背中から身を起した。

「どれどれ、ひとつ拝見さしてもらおうかね」

「はい、ここにございます」

新聞記者はポケットを探ると、ザラ紙何枚かに鉛筆で走り書きしたものを差出した。くたびれた洋服の中に永く入っていたせいか、紙は半分くたくたになっている。

「どうも読みづらいかもしれませんが……」

「なに、短いからすぐ読めるよ」

採銅教授は、内側のポケットからサックを取出し、眼鏡を鼻の上にゆっくりと掛けた。

《人間はいかなる仕組みで音を聴いているのか。音が聴えるためには、まず音波が外耳、中耳を経て内耳に達しなければならない。内耳には音波という機械的振動を神経の興奮である電気的信号に変える機構が存在している。この神経の電気的信号が後に、脳で音として感じられるまでにいかなる神経機構が存在しているであろうか。この点を明らかにする為に実験動物に猿を使用し、本実験を実施した。

即ち、神経細胞の一つ一つを測定する微小電極法の応用により、内耳に連なる聴神経の起点である蝸牛《かぎゅう》神経から終極点である大脳皮質聴覚領に至る間の聴神経細胞が音の刺戟《しげき》によりいかに変化するかを追跡した。

この結果、次のような事実が解明された。……》

以下、音の調子の弁別の場所、音の判断の場所と二つに分けられて簡単な記述があるが、これは前にV医学雑誌で読んだのと同じ文章であった。そして、実験の結果、音の判断の場所としては側頭葉が重要な役割をしているという結びも以前の通りである。

「なるほどね」

採銅教授は、そのザラ紙を対手《あいて》に戻したが、いま、この論文要旨を読んで、前の雑誌で読んだ文章がさらに明確になってきた。

「やっぱり猿を実験に使ってるんだね」

彼は読んだあとの感想をそんな言葉で云った。

「そうです。……まあ、この辺が先生方の絶対的否定の根拠になっているんですがね。……で、先生、どうでしょう、先生は面白いとおっしゃったが、これがつまらない内容だったら、そんな御感想も無いと思います。面白いとおっしゃる以上、やっぱりこれにいくらかの真実性があると思われますか？」

危ない危ない、と思った。こんな罠的な誘い出しにひっかかってはならない。

「問題にならないね」

と一口に云って、用も無いのに腕時計を見た。

新聞記者は起ち上った。

採銅健也は、新聞記者がその肩幅の広い背中を見せたとき、急に呼び止めた。

「君」

「は？」

記者は振り返った。

「その皿倉君の実験した猿の目方は、どのくらいだったかね？」

「さあ、そこまでは……」

「発表論文要旨にも書いてなかったね。ぼくの見落しではないかと思って訊くんだが」

「いいえ、目方まではありませんでした」

新聞記者は確信を持って答えた。

「そう……そんならいいんだ」

「何か？」

新聞記者が眼を輝かしそうになったので、採銅健也はあわてて窓辺のほうに歩み寄った。隣の建物の接近と立木があるので、完全に展望は閉ざされ、板壁の下に落ちている新聞紙だの空瓶だのを見るだけである。

急に、実験猿の目方のことを質問したのは、ふと彼が過去の或《あ》ることを思い出したからだった。それは十五、六年前のことだったが、たしか京都での学会だったと思う。或る地方の教授が論文の発表をした。すると、その男もやはり猿を実験したというのだが、出席の会員の一人が質問した。

（あなたが実験に用いられた猿の目方はどれくらいですか？）

壇上の発表者は途端に困惑した顔になったが、

（六〇キロばかりあったと思います）
と答えた。すると、質問者はそれで満足したのか、微笑してこっくりとうなずき、
（ずいぶん大きな猿がいたものですね）
と云って席に着いた。演壇の説明者の顔は再び複雑な表情になっていた。
不覚にも採銅教授はこの問答の意味が分らなかった。しかし、見ていて、質問者と
論文の発表者とは、そんな禅問答みたいなことで意思が通じ合ったらしかった。
会が終ってのことである。幸い質問者は採銅教授の息のかかった学者の一人だった。
彼は休憩中、廊下で煙草を喫《の》んでいる質問者に近づいた。
（君、さっき猿の目方を訊いたね。そして、説明者が六〇キロと答えたら、君はすぐ
に分ったような顔をしたが、あれはどういう意味だね？）
（はあ）
その男も、自分が質問を受けたように少し当惑していたが、
（先生、猿に六〇キロという大きなやつがいるでしょうか）
（うむ？）
（南方のゴリラだったらどうか分りませんがね。あの説明者は、戦争中、満州の新京《しんきよう》

の大学にいたのです。……これでお分りでしょう)

はじめて採銅教授も合点した。しかし、教授の眼が恐怖と羨望《せんぼう》に輝いていたのを対手も見逃さなかった。

(六〇キロの猿とは巧いことを云ったもんですね)

対手はそう云って声を出して笑った。

面白いと思った。自分の直感に誤りはなかった。あれは現在の実験医学では不可能なことをやっている。むろん、モルモットや猿などという下等動物を使用したのではない。そこからの推定だったら、どの学者の考えも現在の定説にしか落ちつかないはずだった。

いやいや、皿倉という男はよっぽど頭のいい奴かもしれない。ただ、幸運に恵まれなかったため、地方の市立病院内科部長にしか職が無かったのだろう。

医学の世界にもいろいろな不条理がある。派閥という奇怪な存在だが、もし、これに乗り損ねたら、どんなに出来る男でも主流から外されてしまう。皿倉和己という学者もそういう一人かもしれぬ。しかし、彼の不屈な研究心は、一介の地方病院内科部長では諦《あきら》め切れなかったのだろう。それが今度の論文ではなかろうか。

そう思う一方、また長田の言葉も蘇《よみがえ》って来る。とかく田舎の医者は背伸びをしたがる、と云うのだ。中央にコンプレックスを持ち、絶えず卑屈になりがちな自己顕示欲に駆られる、この珍説も、そんなドン・キホーテが書いたのですよ、と彼は笑っていた。

だが、それにしても皿倉説は自分の心を捉える鋭さがある。いや、医者の直感とするにはあまりに意表を衝《つ》いていた。

しかも、その指摘には、他人は知らず、この採銅健也を納得させるものがあるのだ。長田なんかには分るまいが。

しかし、そんな俊秀がまだ世に隠れていたのだろうか。上地に頼んでL大の宇佐教授に当人の人物を調べてもらったが、宇佐教授の回答にはそんな秀才とは一言も云ってなかった。むしろ、今の位置が当然であるかのような人物にしている。

——もし、皿倉の実験した猿が六〇キロの体重を持っていたら？

採銅教授は窓辺から動かなかった。

九

皿倉和己の正式な論文が、今度はV医学雑誌のような二流誌でなく、A医学雑誌に掲載された。

H医大の伊吹が皿倉の研究発表を拒絶したため、彼はその論文をA医学雑誌に持込んだものらしい。一流誌がどのような意図でそれを取上げたかは不明だが、おそらく、編集者の誰かが皿倉の着想に幾分かの興味を覚えたためかもしれない。それとも採銅の知らない後援者が肩を入れたのか。

二つ流れている潮流の底の一つが皿倉を推したとすれば、あり得ないことではなかった。

採銅健也は、その雑誌を家に持って帰って読む。

実に丹念に読んだが、やはり研究過程の実証はほとんど空白になっていた。

論文には尤《もっと》もらしいことは書かれている。

たとえば、こんなことである。

《個々のニューロン（Neuron）の持つ応答野（Response Area）が上位脳に行くに

従って狭くなっていることは、信号が大脳皮質へ伝えられる過程において個々のニューロンに周波数（Frequency）の特異性が出来てくることを意味している。従来定説となっていた一八六三年に提起されたヘルムホルツ（Helmholtz）の説、即ち、音は内耳で分析され、それが聴神経（Auditory-nerve）を経て大脳皮質で知覚されるという説、また一八八六年に提出されたラザフォード（Rutherford）説、即ち、音は内耳（Inner ear）で分析されないでそのまま聴神経を経て大脳皮質で分析、知覚されるという説、この両説では周波数の弁別場所は大脳皮質であるということになっている。著者が大脳皮質で得た結果はこれらの説を支持するものではなかった。

即ち、大脳皮質の聴ニューロンの応答野は非常に広く、全く周波数に対する特異性を示していない。従って周波数の分析は大脳皮質で行われるのではなくて、間脳（Thalamus）までの複雑な神経機構によってなされると結論せざるを得ない。

それでは大脳皮質はいかなる役割を果しているのであろうか。皮質ニューロンの音に対する応答は聴覚経路のほかのニューロンとは著しく異なっている。持続音を聴かせても、音の初め、または終りにしか放電（Discharge）を示さない非常に Phasic な性質を持っていて音の変化分にだけしか応答しない。

このことは変化に富んだ音楽、言葉等の複雑な音の解析、認知に都合がよい性質で、正に大脳皮質によってかかる複雑な音の解析はなされていると結論される。》

それでは、このような結論になってゆく実験方法はどのようなことか。

《実験動物には五十四の猿を使用した。まずネンブタール（Nembutal）麻酔後、大脳皮質聴覚領（Superior temporal gyrus）を露出するための手術を行い、完了後28度Cに保たれた防音室内の改良型ホースレー・クラーク脳固定装置に動物を固定し、断続的に短い音刺戟を与えながら、三モルの塩化カリウム液のつまった超微小電極を脳内に挿入し、神経細胞よりその音に応ずる電気的信号が得られたとき、その場所に電極を止めて、毎秒三〇サイクルから二〇キロサイクルまでの音を短い Tone burst として与え、個々のニューロンの電気的活動は、すべてテクトロニックス社製のオッシロスコープ（Oscilloscope）で増幅、表現し、これを連続撮影用カメラで撮影、記録した。》

この実験価値は無に等しい。

しかし、この結論は深く採銅健也の心を捉えた。素晴らしいとさえ思う。自分の弟子、たとえば、長田を初め各大学の主任教授となっている連中に、ここまでの着想があったであろうか。彼らはただ、これまで漠然と作られている定説に身動きも出来ないで縛られている。ただ臆病《おくびょう》に、少しずつ小刻みに前に進んでいるだけだ。かくも大胆に、かくもユニークな説を打ち立てられただろうか。

なるほど、この皿倉という人の実験方法は無価値かもしれない。しかし、そこを飛び越えた結論には脱帽せざるを得ないと思った。長田などが学界の反撃を怖れて、まるで石橋を叩いているような臆病さと用心深さで学問しているのに対して、この人は在野ながら敢然と今までの定説に挑戦している。この勇気、この大胆さ、この直感力。誰もこれに敵《かな》うまい。

彼らは先人の権威に居竦《いすく》んでいる。後輩は、その眼にハレーションを起している。眩《まぶ》しいために正当な判断を失っている。

彼らは誰からも非難されず、至極尤もなことを発表することが学問だと心得ている。それだから、彼らに期待する進歩は何ものも無い。右顧左眄《うこさべん》、ひたすら他の反撃を避け保身の術《すべ》を身につけて、権威という絢爛《けんらん》たる着衣を剝《は》がされまいとしている。その滑稽《こっけい》さは見るにたえないくらいだ。

それにひきかえ、この皿倉という田舎医者は、丸裸で実力を学界に問おうとしたのだ。

彼には気兼ねするような先輩も同輩もいなければ、足を引っぱるような仲間もいない。世間的なものに気兼ねする何ものも無く、学問のために立ち上っている。この孤独なるが故の強さ。この一匹狼。

——と、考えるが、しかし、この皿倉という人の理論の発源が分らなかった。何のデータ無くしてこれだけの素晴らしい着想が泛《うか》んだのであろうか。もとより、その云うところの実験方法は問題にならない。それは疾《と》うに空に掻《か》き消えている。輝いて残っているのは、彼の結論の部分だけであった。

学問的な着想が深夜の蒲団《ふとん》の中で生れることはある。また、散歩の道すがら、ふいと天啓のように考えつくことはある。

だが、皿倉説はただのヒントとは云えなかった。それと決めて了《しま》うにはあまりに実感があり過ぎた。決して思いつきや空想で生れた結論ではない。

聞くところによると、皿倉という人にはさほどの資性があるとは云えないという。これだけの論文が実績無くして突然出て来たことが奇妙だった。この人がこれを云う前にいくつかの小さな論文を出していて、その積み重ねの果てにこれが出されたとしたらまだ納得が出来る。だが、これではまるで突然宙に打上げられた閃光《せんこう》のようなものだ。

分らない。実験に用いられたのが六〇キロの猿だとしたら怖ろしいことだ。

しかし、それより以外に考えようがなかった。これは理論が先に出たのではなく、実験の結果理論が帰納されたという感じだった。しかし、ほかの学者はそこまで気がついていない。長田などは嘲笑しているが、前の場合と違って今度は代表的な医学雑誌に出たので、笑ってばかりもいられないようだった。

「一つ叩《たた》いてやろう。あのまま放って置くと、当人が勘違いしてのさばるばかりではなく、わが学界の名誉にも関する。知らない人は本当かと思うからな」

長田はそう云っていると聞いた。

賛成する者がほとんどだという。附和雷同だ。長田がそう云ったから、安心して口を利くという手合いもある。

いやいや、そうでもないのだ、みんなそこに気がつかないのだ。ただその実験過程の非合理性に眼が昏《くら》んで、あの着想の素晴らしさに思いを到す者がいないのだ。

皿倉説が雑誌に載った翌月であった。早速、川上寿一教授の名前でその反論が同じ雑誌に出た。だが、川上ひとりの駁論《ばくろん》でないことは誰にも分る。川上は長田の系列だ。長田が自分の名前を出すのは大人気ないと思ってか、川上にそれをやらせたのだろう。

採銅健也は春のいぶきが聞える井之頭の雑木林を歩き、石の上に坐《すわ》って雑誌のその反駁論を読んだ。

要するに、当り前すぎる文章だった。こんなことなら学生にだって出来る。——

《皿倉博士の説は、これが正当であるとすれば、今まで定説であった音の弁別は大脳皮質で行われるという説をくつがえし、さらに今まで不明だった音の判断の場所を解明し、聴神経の研究に一歩を進めたものである。しかし、五〇匹の猿を実験例として、これを人間に適用するのは、早まった断定といわざるを得ない。前者の音の弁別部の解明はとにかく、後者の音の判断の場所の解明は、猿と人間との脳の知覚作用の大なる相違を考えれば、これは単なる類推であって、断定するには大いに疑問がある。》

莫迦《ばか》なことを書く、と採銅健也は思う。当り前のことを当り前に書いている。

なぜ、もっと相手の着想を認めてやらないのか。反論者にはそこまでの洞察と直感力もないのか。学問という四角四面の枠にとらわれて身動きもならぬ一群の学者たちの居竦《いすく》んだ姿が眼に見えるようであった。

採銅健也は、玉川上水のほとりを歩く。草むらの下を流れている水の色まで違ってきたように見える。水の底の温度が上ってきている。早い流れに落ちた陽のかげに強さがあった。

——採銅は、今ごろ家で喜美子がどうしているかを想像する。別に気持も騒がなかった。そのことが自分の生活の一部に繰り入れられたような気さえする。しかし、時計を眺めて早く家に戻らないように時間の調節をしなければならなかった。

流れに落ちた光は微粒子になって分解している。その一つ一つの形が集団的な生物に見えた。猿が群れているようでもあった。

彼はそろそろと家の方向に脚を返した。

町の通りは長かった。自転車に乗った男が風を起して通り抜け、気をつけろ、と老人を呶鳴《どな》った。

商店の多い通りに出た。採銅健也は一軒一軒とのぞいて行く。散髪屋、魚屋、雑貨屋、菓子屋、金物屋があった。

採銅健也はその金物屋の店先に立ちどまった。金槌《かなづち》、小刀、釘《くぎ》ぬき、さまざまなものが並べられてある。

その中に鋸《のこぎり》があった。彼は値段を聞いて、その一つを選んで買った。

店のおかみさんが紙に包みながら、

「おじいちゃん、家の修繕ですか？」

と笑いながら渡した。

家に戻ると、河田喜美子が採銅の持っている鋸に眼を止めた。

「おや、何か大工でもはじめるんですか？」

彼女は皮肉に云った。毎日することも無くぶらぶらしている彼がかねてから気に入らない。いつぞや、一週間に一度ぐらい学校に行くのでは時間がもったいないから、もっとよその学校に世話をしてもらって講師として通ったらどうか、とすすめたことがある。

採銅は、今でさえかなり屈辱的な思いをしているのに、これ以上恥をさらしたくなかった。若い者ではあるまいし、時間制の非常勤講師で電車やバスで学校めぐりをするのは、肉体的にも不可能だし、悲惨だった。もう、そんな恥はかきたくない。

しかし、そんなことはこの女には通じないことだったので、ただ身体の無理が利かないという理由でそのままにしている。

女からみると、採銅ぐらいになれば、雑誌の寄稿やアルバイトがいくらでもありそうに思っているのだ。それをしないのは彼の贅沢《ぜいたく》だと考えている。

それに、とにかく採銅を家から外に出したいのだ。その底意はありありと見えていた。講師を受持てば、ほとんど家を留守にする。収入の面もあったが、そのことも彼女の希望に違いなかった。

採銅健也は机の前に坐って、買って来た鋸の包紙を解いた。恰度《ちょうど》、炭屋が木炭を挽《ひ》くような弓型の鋸だ。法医学者が頭蓋骨《ずがいこつ》を挽く道具と同じだった。白い頭骨の挽きあとに細い輪の筋が入り、そこに鎹《かすがい》を当て金槌で叩く。すると、マンホールの蓋《ふた》を開けるように天窓《あたま》が開く。中にうす桃色の脳が、セロハンに包まれたように脳硬膜に蔽《おお》われて納っている。鋏《はさみ》で膜を切り裂く。セロハンが破れて、中の熱帯果実のような襞《ひだ》の多い脳髄がむき出される。――

採銅健也には、その脳底面に連っている脊髄《せきずい》や、紐《ひも》のように結束されている視神経などをメスで切り放つ解剖医の手先が目に見えるようだった。彼は弓鋸《ゆみのこ》を包紙に包んで元通りにし、押入れの中に入れた。

その翌日は学校に出る日だった。例のうす暗い部屋に彼が坐っていると、珍しく長田が両手をポケットに突っ込んで入って来た。様子からすると、機嫌がいい。

長田は、椅子に横着な恰好《かっこう》で腰を下ろし、

「先生、この前の皿倉説に対する川上君の反論をお読みになりましたか？」

と、ニヤニヤ笑いながら訊いた。採銅がまだ皿倉説の肩を持っていると思い込んでいるのだ。執念深い男だった。うすら笑いは、それに対するあてつけであった。

「ああ、読んだよ」

「いかがでした？」

「当然の反論だと思ったな」

——当然すぎる。あまりにも当り前すぎる。読んでみて、はい、そうですか、というだけの文章だった。そんなことも長田には通じまい。

「そうですか。いや、あんなばかなことを一流誌が載せるもんだから、つい、こちらも余計なことを云わなければならなくなりましてね」

長田は得意そうだった。採銅に溜飲《りゅういん》を下げたという恰好である。

「あれは、君が川上君に書かせたのかね？」

採銅は煙草に火を点《つ》けながら、対手《あいて》の顔を見ないで云った。

「いや、べつにぼくが指示したわけではありませんよ。しかし、良心的な学者なら、当然、ああいう反論は書くでしょう」

——おれを良心的な学者ではないと思っているのか。

「で、どうだったね、反響は？」

「そりゃ、もちろん、一も二もなく皿倉説を鎧袖《がいしゆう》一触といいますか、忽《たちま》ち叩き潰《つぶ》したことに、みんな痛快がっています」

——痛快がっているわけではあるまい。みんな安心しているのだ。名前も聞いたことのない男が妙なことを云いだしたと、多少はあの理論を気にかけている人間がいたのではないか。

「皿倉君は、おそらく、それに対する再反論は書かないだろうが、しかし、将来、同じテーマをもっと精密に書いて、学会に再提出の請求をするかもしれないね」

「え、なんですって？」

長田は、禿《は》げ上った額の下の眼をぎょろりと剝《む》いた。

「そんなばかな。これほど徹底的にやられたんですから、もう、あの田舎学者もぺちゃんこで、自信喪失ということでしょう。それとも井の中の蛙《かわず》で、盲蛇に怖《お》じずといいますか、もう一度提出したら、もちろん、当番校の幹事が断ると思います。伊吹君の処置は極めて常識ですよ」

長田は、採銅がまだ皿倉の肩を持っていると思い、多少興奮していた。

「そうかね」

採銅は抗《さから》わなかった。

長田はひどく機嫌を損じた顔で、では、とか、なんとか云ってすぐに部屋を出て行った。いずれ助教授や助手たちを集めて、おれの悪口を云っているに違いない、と採銅はおかしくなった。今日もなすこともなく昼すぎまで学校で時間を潰してしまった。長田の機嫌は悪くするし、ぼつぼつ帰ろうと思った。幸い、外はすっかり春めいている。ぶらぶら歩くのは悪い気持ではなかった。

銀杏《いちょう》の並木も芽が吹いて、たてから一列に見渡すと、エメラルドグリーンのかたまりがふんわりと盛り上っている。ローランサンの画でも見るように朦朧《もうろう》としている。

そのとき、向うから背の高い男が歩いてくるのが見えた。採銅はすぐにそれが上地由三郎だと分った。

先方でも五、六歩のところで、採銅教授と気がつき、立ち停って叮嚀《ていねい》に彼にお辞儀をした。

「この前は、お世話になりました」

と採銅は顔一ぱいに笑いを浮べた。

「わざわざ、陋屋《ろうおく》までご足労かけて申しわけなかったですな」

「いいえ、とんでもございません。お役にもたちませんでした」

「いやいや、有難かった。ところで、上地君、君にちょっと、もう一度、厄介なお願いがあるんだが」

「はあ……」

上地は早くも顔を曇らせた。やはり、長田に気兼ねしているのだ。そんな迷惑な用件を採銅が云い出すくらい察している。

「この前の皿倉君の研究発表は、伊吹君の拒否にあって駄目になったね。しかしあの皿倉説は、ちょっとぼくは面白いと思うんだよ」

「はあ……」

「それでね、皿倉という人のことを少し調べてみたいのだがね。君に、また、そういう厄介なことを頼んで恐縮だが、もう一度、骨を折ってもらえないだろうか?」

「はあ……」上地はきれいに磨いた靴の先に眼を落して思案しているようだったが、やはり、長田に知られることを恐れて躊躇《ちゅうちょ》している。

「先生」と彼はやっと顔を上げた。

「それでしたら、いっそ、どこかの興信所にでも頼んだほうが早道だと思いますが……」

「うむ、ぼくもそう思っている。ただね、ぼくの名前で興信所に頼むのは、ちょっと都合が悪い。そこで、君にそれをやってもらおうと思うんだよ。報告書ができたら、ぼくのほうに送ってもらいたい。むろん、調査の費用はぼくが出すがね」

「はあ、それでしたら、やらせていただきます」

「そうか、ありがとう」

採銅は思わず皺《しわ》くちゃの手で、細長くてきれいな上地の指を握りしめた。

「ね、上地君」と採銅は手をほどいて云った。

「はあ」

「君なんかどうだね、皿倉君の説には興味を持たないかね。いや、ここだけの話だよ。誰にも洩《も》らさないからね。一つ、若い人の率直な意見を聞きたいんだ」

ここだけの話というのは、勿論《もちろん》、長田を指している。弟子という存在は、師の説に少しでも抗うと、まるで反逆罪に問われたような査問と処刑を受けなければならないことがある。その点は不自由な世界だった。

「はあ」

上地は、やはり女のような揉上《もみあ》げを見せてうなだれていたが、ようやく決心したように、

「ぼくも面白い説とは思っています」と細い声で云った。

採銅は、ここに一人の味方を得たような気がした。皿倉に同情しているという意識からではなく、採銅自身の気持に賛成してくれた仲間を一人発見した思いだった。

「そうだろう。あれは面白い」

彼は満足して云った。

「しかし、先生」

上地は採銅の言葉に迫るように、じっと眼を向けてきた。

「皿倉説はたしかに面白いんですが、やはり学問にはわれわれを納得させる実験過程がなければならないと思うんですが……」

だ。

「もちろん、そうだ。だが、あれはたしかに実験しているよ」

「え?」と上地は分らないような顔になった。実験が猿だということは分っているの
「うむ、たしかに実験をやっている。しかし、君、あれは猿ではないね」

「とおっしゃると?」

「いや、ぼくの想像だがね。だから、やはり皿倉君とおんなじように空想だと笑われそうだな」

上地は採銅の謎のような言葉にさらに不可解な表情になっていた。

「じゃ、君、頼むよ」

採銅は対手の肩を敲《たた》いた。調査のことだった。

十

採銅健也は、その夜、なかなか寝付かれなかった。スタンドの灯を傍に寝ている河田喜美子のほうになるべく当てないようにし、雑誌など読んでいたが、何を読んでも面白くなかった。

喜美子は向うむきになって縮れた髪を見せている。蒲団《ふとん》のはしから頭だけが出て、恰度《ちょうど》、そこから上が切断され、首が枕の上に据わっているような感じだった。

この女が自分の眼を偸《ぬす》んで誰と仲よくなっているか、採銅はかなり前から察している。それは電気器具の月賦販売の外交員だった。ひところ、喜美子は電気洗濯機やテレビなどを買いこんだ。少い給料から毎月かなりな月賦代を引かれるのは苦痛である。さぞかし月給が少いので喜美子から文句が出るだろうと思っていたが、電気製品のぶんだけは一言も苦情を云わない。尤も、当人が相談なしに勝手に買入れたものだから文句の云いようもないだろうが、しかし、そんな理屈など通り越してわけの分らぬことを云うのがこの女の癖だった。月給袋はそのまま喜美子に渡している。家計は彼女がすべてやっている。自分が進んで買った電気器具だが、月賦代に追われて家計が苦しいと云いそうなものなのに、それだけは黙っている。採銅の前の経験には無かったことだ。それから、電気アイロンが古くなったから新しいのを買ったとか、果てはステレオが欲しいなどと云い出す始末だった。

そんなに毎月の払いは出来ないだろう、と云うと、いいえ、そっちのほうは何としてでも待ってくれる、と喜美子は云う。それほど実用品ではないし、ステレオなど買ったところで、喜美子に音楽の趣味があるとはついぞ聞いたこともない。どうも変だとは思っていた。

その外交員は採銅も四、五回見たことがある。二十七、八歳くらいで、髪は近ごろ流行《はやり》の刈上げだ。色の黒い、身体の緊《しま》った男だが、それほど美男とは思えない。

この男は、採銅が外から帰って来ると、部屋の中にちゃんと坐《すわ》っていて、それも彼がいつも敷いている座蒲団の上に亭主然として胡坐《あぐら》をかいているのだ。そんな場面を一度見たことがある。そのほかは、採銅が戻って来ると、あわてて膝《ひざ》を直して、奥さん、どうもお邪魔をしました、とそそくさと帰ってゆく。あとには茶碗だの、菓子皿だのが残っていたり、ときにはビールでも飲ましたらしく、台所にコップや空瓶などが転がっていたりした。

喜美子が採銅に散歩をすすめたり、学校に行くのを喜んだりするのは、そのころから露骨になってきた。散歩も二時間以内に帰ると機嫌が悪い。彼も腕時計を捲《ま》いて時間を計らねばならなくなった。

採銅は、すでに喜美子にそれほどの愛着も持っていなかった。彼女が若い男にもつれていようがさしたる関心も無く、それほどの嫉妬《しっと》も起らない。ただ、この女と別れても新坂町の家に帰ることが出来ないので、惰性として同棲《どうせい》生活をつづけているだけだった。もし、喜美子の浮気にさえ眼をつぶっていれば、とにかく身の周りの世話ぐらいはするので、この老齢で独りぼっちの下宿をするよりもいくらかは便利がよかった。

採銅は、女の頭の縮れ毛を見ているうちに、この頭骨を開いて中の脳髄をむき出してみたら面白かろうという気がした。すると、本など読んでいるよりも、そっちの空想を伸ばしたほうが興味があった。日本では禁じられているが、外国のように、この女に麻酔をかけ、頭骨を鋸《のこぎり》で挽《ひ》き、金槌《かなづち》で叩《たた》き、蓋《ふた》を開ける。その前にメスで表皮を剝《は》ぐのだが、恰度、解剖医がやるように、髪の毛を摑《つか》んでぐいと前に引いたら、あの縮れ毛がふくよかな顔の上に海藻か何かのようにペロリと蔽《おお》いかぶさるだろう。それだけ空想しても結構愉《たの》しかったが、もし、そういうことで生きたまま実験をしてみれば、この女こそ皿倉説を確かめる恰好《かっこう》の材料になるような気がした。

すると、これまで定説みたいになっている音の知覚の終点がどこにあるか、また皿倉説の指摘する場所が正当なのか間違っているか、実験の結果立ちどころに分る。どうせ実験途中に当人が死んでも構わないのだから、外国の実験例にあるような叮嚀《ていねい》で遠慮深い方法でなくともよい。こちらで実験している間だけ呼吸《いき》があればいいのだ。彼女のうす桃色の脳を電気の通った木綿針でいたるところを刺しながら、ここはどうだ、こっちはどうだ、というようなことを彼女にいちいち訊き、彼女がそれに苦しげに答える場面など泛《うか》んでくる。

もし、そういうことが出来たら、さぞ気持がいいだろう。今まで虐《いじ》められた上、今度はほかの男と通じ合っている女への仕返しとしては、これくらい適当なことはないように思われた。しかも、生体実験という不可能なことが可能になるし、その結果、皿倉説の確認以外、貴重な発見も可能なのだから、ただに個人的な復讐《ふくしゅう》のみならず、日本の脳生理学の上にどれだけ貢献出来る作業かしれない。——

そんなことを空想しているのに、女のほうは何も知らぬげに軽い鼾《いびき》を立てている。ときどき枕の上で首を動かすのが恰《あたか》もこちらの想像に反応しているようで、見ていて面白かった。

彼は急に皿倉という見たこともない男に親近感を持った。

——その皿倉についての興信所からの調査報告が届いたのは、上地に遇《あ》ってから、一ヵ月ぐらいのちだった。

内容は至極簡単なことだった。興信所の用紙にタイプで叮嚀に打たれてある。

要領は、皿倉和己という人の原籍、現住所、妻、子供などといった家族構成が戸籍簿のようにならべられてある。そんなことは採銅には興味がなかった。彼が三十八歳の若さであるということも、上地が前に持ってきてくれた報告書で知っている。

次に書かれてあったのは病院での地位、収入、当人の趣味、娯楽。これも関係はない。

そんなことよりも興味を惹《ひ》いたのは、次のような報告文だった。

《一、皿倉和己氏の素行については、当市においてともかく市立病院の内科部長をしていられる方ですから、相当な交際があるのが至当と思われますが、目下のところ、社交性はうすいようで、諸種の会合にはあまり顔を出していません。酒は多少飲むほうですが、バーや料理屋に行くということもないようです。学究一途《いちず》の学者として、表面上、これというような噂もありません。但《ただ》し、本調査員によって五日間に亙《わた》り尾行まず典型的な人柄と思います。なお、当人についての女性関係を調査したところ、調査を行ったところ、皿倉氏は、当市より八キロばかり離れたS市の植田病院にいる看護婦の高山ちか子さん（推定年齢五十二歳）と某旅館で、夜、密《ひそ》かに会っている事実を突き止めました。当市でその噂が無いのは、全く当人同士の巧妙な隠蔽《いんぺい》によるものと思考されます。

一、そこで、本調査員はS市の植田病院に行き、高山ちか子さんの周辺から噂を探ってみました。ここでも皿倉氏との関係は誰も気づいていません。高山ちか子さんは当市の生れではなく、十年前に当市の派出看護婦会に働いていたものを、当時、手不足だった植田病院が懇望して引取ったことが分りました。これでも見られる通り、高山さんは非常に優秀な看護婦で、年齢的にみて相当な経験を積んでいるといわれています。本調査員は、早速、高山さんが元働いていた派出看護婦会に行き、原籍、係累などの控えを見ましたが、当人は山形県酒田《さかた》市の生れになっています。その後若くして見習看護婦となり、一人前になってから酒田市から姿を消していますが、当市に現われるまでの経歴が全然分っていません。高山さんは一見五十二歳とも思われないくらいな老けようです。周囲の人に聞くと、高山さんという人はよく素姓の分らない人で、あまりものを云わないし、誰とも交際したがらない、当人は近くに下宿をしているが、そこに誰も寄せつけないという一種の孤立生活をしているようです。なかには、高山さんの言葉に東北訛《なまり》でなく九州訛が強いのを指摘する者もあります。本調査員は以上のことを聞いたので、わざと高山さんには会いませんでしたが、当人に面会する必要があれば、改めて御指示を願います。

一、病院長の植田博士に会いましたところ、高山さんについてはこれまた何も知らず、当人も語ろうとしないそうです。ただ、優秀な看護婦であることは事実で、若い看護婦たちをよく指導するということでした。あの人の技術だったら安心して留守を任せられるし、下手な代診よりはずっといい、と云っています。なお、植田氏によれば、高山さんの看護技術は大体外科系統に属するように云っています。また植田氏も皿倉氏との恋愛関係については全然気がついていません。

以上、命ぜられたことをここに報告いたします》

採銅健也はこの報告書を河田喜美子の眼にふれないところで何度も読み返した。

皿倉という人についての特別な発見はない。要するに、普通の地方医者というにすぎないようである。ただ少しばかり学究心が旺盛《おうせい》だというだけだ。

しかし、これだけの程度であの論文のような着想が得られるであろうか。

ただ興味のあるのは、その皿倉氏が高山ちか子という五十二歳の看護婦と恋愛関係にあるという内報だった。皿倉氏は三十八歳、高山ちか子は五十二歳。しかも、年齢より老けて見えると書いてあるから、もっと老女に近く見えるのであろう。三十八歳の男と、五十二歳以上に見える女との間に恋愛関係があるというのもやや奇異であった。

尤も、恋愛は理屈を超えているから、あながち年齢の開きで否定は出来ない。しかし、世間一般の常識としては、この年齢が逆になっていれば納得がいく。また男が年下でも、それはもっと若い時代なら考えられないことはない。

だが、三十八歳の男盛りの、しかも地方ではかなり名士として知られている市立病院の内科部長が、十四歳も年上の経歴不詳の老看護婦と恋愛交渉を持っているとは、どう考えても奇態であった。

十一

次の朝は学校に出勤する日だった。出がけに採銅健也は河田喜美子に云った。

「学校には昼までいるがな、それから、ちょっといろいろなことを考えたいから、一晩泊りで房州のほうに行ってくる」

「あら、そう」

河田喜美子は眼を輝かした。その表情を採銅はじろりと見て、

「帰りは明日の夕方になるだろう。だから、今晩は戸締りをちゃんとしておきなさい」

「いいわ。……でも、どうして急にそんなことを思いついたんですか?」

それは心から理由を訊《き》いているのでなく、上辺《うわべ》だけの愛想だった。つまり、河田喜美子は、採銅が予想したように、彼の思いがけない二日間の留守をひどく喜んでいるのだった。

「少し学問のことを考えたいんでね。うちに居てはどうも雑念が入っていけない」

「わたしが横に居ると邪魔になるのね」

と河田喜美子は久しぶりにそんな言葉遣いをした。

「いいわ。学者は静かな所で瞑想《めいそう》しなければいけないんでしょ。ゆっくりと行ってらっしゃい」

女は、その旅費だと云って自分から二千円を出した。

採銅は学校に出て、いつもの陽当りの悪い部屋で二時間ばかり過し、銀杏《いちょう》の並木路

を歩いて駅に出た。ここから千葉行の電車が出ている。

採銅は、その電車で千葉まで行き、それから別の汽車に乗りかえて外房州の片貝《かたかい》まで行った。このとき、すでに日が昏《く》れかけていた。

九十九里に来るのも二十何年ぶりだった。町はあのときとあまり変っていない。多少、家がふえたのと、新しい文化風な家が目立つ程度であった。町から浜辺まで歩いた。

一望変化のない海岸線が左右に伸びている。地図の上で見る通り、この辺の海岸線は大きな弓なりに描かれ、少しの出入りもない単調さだった。

浜辺に立っていると、正面の海の上に陽の色が凋《しぼ》みかけている。浜辺では大きな漁船が据わって、十四、五人の漁婦たちが網から魚を外していた。

すでに桜の散ったあとだが、汐風《しおかぜ》は冷たかった。漁婦たちのほかには砂地に立っている人間はいない。

二十何年前、採銅は妻と子供とでここに一夏を過したものだった。漁師の家の裏を借りて、毎日、長男を伴《つ》れて海に入った。あのときはまだ若かった。採銅が四十くらいで、妻が三十四、五歳だった。当時は採銅は河田喜美子も知らず、妻も彼にやさしかった。子供は小さく、今のように親父に抵抗して白い眼を向けている子になろうとは予想もしなかった。浜辺や水際に嘻々《きき》として遊んでいた稚姿《おさなすがた》が眼に泛ぶ。思えば、自分の一生であのころが一ばんよかった時期かもしれぬ。

当時は、恩師石山先生が健在で、采銅は最も嘱目された弟子として周囲の羨望《せんぼう》を集め、仕合せな研究に浸っていたのだった。——

雲の色が刻々に忙しく変化した。闇は沖合と天頂の両方から中間の残光を狭めつつあった。

皿倉と、その年上の愛人のことが、頭に泛ぶ。残念なことに、調査報告書はその女が美人とも不美人とも書いてないが、実際の年齢より老けて見えることや、閉鎖的な性格から考えて、大体、その容貌《ようぼう》が分るような気がした。痩《や》せて、ぎすぎすした、骨っぽい体格だろう。多分、色が黒くて、眉《まゆ》がうすく、唇が厚い女ではなかろうか。五十二歳を越せば、髪の毛もうすいに違いない。それをぎゅっと緊《ひ》きつめて、うしろで括《くく》っている。頸《くび》が長く、胴が細くて、脚が長い。あまり笑わない表情だ。冷たくて、妥協がなく、喜怒の感情の露出を他人の前で拒否する。

采銅は、そういう人間像を作りあげた。イメージの本体はないではない。曾《かつ》て官大の教授をしていたころ、附属病院の婦長にそういう女がいた。その代り仕事はすごく切れた。学問もかなり勉強していて、今で云えばインターンの学生など、とうてい足もとにも寄れないくらいの知識を持っていた。

すると、採銅は、その女が東北生れなのにその訛が少く、かえって九州訛のほうが残っているという報告文を思い出した。女の年齢を考えたのは、採銅にはっと或《あ》ることが浮んだからだった。

六〇キロの猿！

今から二十年前だとその女は三十二歳である。看護婦として働き盛りだ。戦争の末期近い時期である。

採銅は、すっかり暗くなった沖合を眺めて、ひとりでに心が昂《たかぶ》っていた。

沖のほうに漁火《いさりび》が見え、海岸に沿ってならんだ人家の灯が輝いている。

さっきから此処《ここ》にすでに一時間以上も坐っていたのだ。ズボンの尻《しり》も靴も砂だらけになっていた。そんなことも意識しないくらい採銅は思索に耽《ふけ》った。

海の風が強い。汐が匂う。左のずっと遠い所に微《かす》かに灯が瞬いているように思えた。犬吠《いぬぼう》岬かもしれない。

しかし、そんなことがあるだろうか。

採銅は唇を結ぶ。

しかし、皿倉という人にさしたる学問的基礎も才能も無いとしたら、その方法しか考えられない。

看護婦のほうが五十二歳。年老いた醜女だ。男は三十八歳。地方ではかなりの名士で、男盛りだ。この不似合な結合が、もし、採銅の推測通りだとしたら、すらすらと解けてくる。

女はこれまでの経歴がよく分っていない。故郷を出てから現在の病院に身を寄せるまでどこに居たのかを匿《かく》している。どのような理由で隠しているのか。

——もしも、その女が？

いやいや、そんなはずはない。あのときの生体実験のデータは、終戦直前に全部焼かれたはずだ。たしかにそう聞いている。

だが、それは事実だろうか。大部分は焼いたが、関係者の誰かがその貴重な生体実験データのコピーを一部でもこっそり持って匿していたのではなかろうか。あり得ないことではない。永久に公表出来ぬ資料として灰から逃れたものだってあるかもしれない。

当時の最高責任者は終戦後、命を絶った。彼らを実験した医者たちも、それぞれ不幸な末路をとった。この実験の内容がいかなるものであったかは、現在、一切秘密とされている。解剖データが灰燼《かいじん》と化した今はむろん知るべくもないが、医者仲間や巷《こう》間《かん》には臆測《おくそく》としていろいろと伝えられている。

もし、皿倉のような男がそういう資料を一部でも手に入れていたら、そして、それが年老いた看護婦の手によって渡されたとすると――

いやいや、そんなばかなことはない。採銅は、暗い海に向って頭を振る。空想だ。おれは何を考えているのか。だが、その空想を絶対否定出来ないのは、皿倉説における正確な指摘だった。あれは凡庸な学者、いや、凡庸でなくとも優秀な学者でさえ気がつくまい。おれだってそこまで分っていなかった。長田なんかに理解が出来てたまるものか。

長田はその実験過程が猿の解剖だと云って嗤《わら》っている。

もし、その「猿」が六〇キロの体重を持っていたら、そして、それが複数であったら。……

皿倉という人は、もちろん、初めから学者たちの指摘を覚悟していたのだ。実験の弱点は誰でも気がつく。それを敢てしてまで論文として結論だけを提出発表したかったのは、彼の持っている「資料」によって皿倉説を組立て発展させたためではなかろうか。「猿」がその実験材料の姿を完全に埋没させている。

——では、なぜ、その老看護婦の手にその研究資料が渡っていたのであろうか。

このことはもっと空想的になる。

たとえば、当時三十二歳の高山看護婦は、事件関係者の誰かと恋愛関係に陥っていたとする。その医者は責任を問われて不幸な道に去った。女としては、自分の愛人が身命を賭《と》していた解剖の資料を灰にしたくなかった。彼女はそっとその一部を盗んだ。

……

いや、これは違うかもしれない。たしかに彼女がその関係の医者と恋愛関係にあったとは想像出来るとしても、一看護婦が極秘資料を盗めるわけがない。もしかすると、医者のほうが看護婦にそれを永久に保存するようにひそかに託したのではなかろうか。

彼女は……

その後のことは分らない。分っているのは、彼女がその資料を肌身離さず持ち歩いていたことだ。

では、皿倉和己は、その事実をどうして知ったのであろうか。なるほど、自分と近い土地に高山ちか子が流れて来ていることは分っているが、もちろん彼女は己れの前身を匿していたから皿倉和己が知るはずはない。たとえ前身は知っていても、彼女がそのような大事なものを保存していることまでは分るまい。

二人の不均衡な恋愛は、皿倉和己がその資料を手に入れるという利用面において初めて理解出来るのだ。分らないのは、彼がいかなる経路からそのことを知り、高山ちか子に近づいたかである。

採銅健也は、ようやく空想を解き放って、砂から腰をあげた。この辺の宿はたった二軒しかなかった。彼はのろのろとその一軒の玄関に入った。

宿の天井は低かった。

食膳《しょくぜん》に出された魚は新しかった。女房と子供をつれてここに避暑に来た二十数年前も、魚の新鮮でうまいのに喜んだものだった。彼は侘《わび》しい皿をつつきながら、また当時のことを思い出す。

彼は、女房にも子供にも叛《そむ》かれた。たとえ、彼に女が出来ても、彼女がもっと寛容で、子供に父への愛情があったらこんな孤独なことにならなかったかもしれない。採銅が妻子を裏切ったというよりも、妻子が彼をのけ者にしたといっていい。

宿の蒲団《ふとん》は薄かった。夜が更けると寒さがその夜具を通してしみてくる。また睡《ねむ》れなかった。

今ごろの河田喜美子の姿を思い浮べた。今夜は彼が完全に一晩あけているので、さぞのびのびと勝手なことをしているに違いない。

しかし、彼には何の感情も湧かなかった。自分でもこれはふしぎだった。まるで他人の女を傍観しているような気持だった。

彼は吉祥寺の家を自分から出てゆく日がそう遠くないと予感した。

一晩中、枕もとに潮騒《しおさい》が聞えた。彼はそれが耳について睡れないまま、いつぞや町で買ってきた弓鋸《ゆみのこ》を思い出す。押入れの中に放りっぱなしにしてあるが、あれは解剖医が頭蓋骨《ずがいこつ》を開くときにも使うものだ。彼は、あの鋸で女の頭骨を挽《ひ》いている自分を空想していた。

粗《あら》い網版

一

福岡県特高課長の秋島正六が内務省警保局からの至急電で上京したのは、その年の十月下旬であった。

秋島はなぜ急に警保局に呼びつけられたか見当がつかなかった。また全国的な極左分子の一斉検挙かと思ったが、どうも、そのようなふしはない。管内の福岡県では現在、共産党系の活動はほとんど終熄《しゅうそく》している。この一年間、多少の赤の検挙はあったが、組織的な活動とはいえなかった。共産党は三・一五、四・一六事件のめぼしい被告が獄中で続々転向声明を出してから事実上崩壊している。満州事変以後国家主義が社会的風潮になっていて、ほとんどこれといった労働運動もみられなくなった。福岡県では水平社運動が活潑《かっぱつ》な程度だが、これとても正確には極左活動とはいえない。また、かつての八幡製鉄所のストライキで名前を売った浅原健三も労働運動界から足を洗うと声明して、いまでは満州国で軍部の特務委嘱をうけて活動している。

どう考えてもいま至急に中央に呼ばれる用事はなかった。その疑問は彼が東京に近づく列車の中でいよいよ深まってきた。福岡から東京に行く列車だと、途中の県庁所在地の駅からたいてい顔見知りの各県特高課長が三人や四人は乗りこんでくるはずだった。列車の時間でそういうようになっている。だが、今度ばかりは一つとしてその顔が現われない。警保局長に呼ばれているのは、どうやら自分ひとりらしいと思われた。

秋島が福岡県に来てから、まだ一年と数ヵ月しか経っていなかった。転任の命令にしては早すぎた。第一、単に転任だけなら、なにもわざわざ自分が東京に呼びつけられるまでもなく、県の警察部長から伝えられればいいはずである。げんに、今度の彼の招致についても、警察部長はさっぱりおれにも分らないと云っていた。

京都で朝になり、新聞を買った。一つの面には、この月末に軍事参議官会議が招集されるからロンドン条約の廃棄通告はそのころになるだろうとあった。名古屋を過ぎ、静岡を過ぎても、相変らず知った顔は乗ってこなかった。横浜で夕刊を買った。

社会面を見ると、群馬の製糸組合の組合長が自刃したと、大きく載っていた。群馬県では今秋大演習が行われ、天皇陛下の行幸がある。その際製糸産業組合にお立寄りがあるため、三万円を投じて事務所を新築した。その矢先、組合長に繭の買入れ問題に絡んで横領背任の告訴が一組合員から提起された。これを宮内省が知ったため、群馬県知事は組合事務所の行幸を取止めにした。その責任から、組合長は重役宿直室で鋭利な剃刀《かみそり》を握り、頸動脈《けいどうみゃく》を切断して自殺したというのである。それについて群馬県知事と内務部長とが内務大臣に進退伺などを提出したとある。

いろんなことがあるものだなと思って、秋島が新聞をたたんだとき東京が近づいていた。こうした事故は地震のようなもので、ふいに足もとにがらがらと起る。まさか、このようなことで内務大臣が知事の進退伺を受理するとは思えないが、自分もいつどんな突発事故で辞表を出さなければならないかと思うと、今度のわけの分らぬ招致理由といっしょになって少し不安になった。

東京には四時ごろに着いた。丸ビルには灯が入っている。東京は三ヵ月前にも会議できている。秋島はT大法科を出ていた。すぐに内務省に円タクを走らせた。

警保局長は、その部屋で秋島を待っていた。顔の長い、顎《あご》の尖《とが》った人で、眉《まゆ》が迫り、光る眼が落ちこんでいる。警保局長は保安課長を呼んで人を遠ざけ、三人だけになった。広い部屋はがらんとしている。退庁時間が迫っているので、ドアの外は何となく騒々しかった。保安課長は猪首《いくび》の、肥えた男だった。

「君を呼んだのはほかでもない、今度京都に移ってもらいたい」

局長は信州訛《なま》りがある。せかせかした言い方だった。

「京都ですか？」

秋島はびっくりした。栄転だが、局長がわざわざ呼んでじかにそう云うのは、ほかに何か理由があると察した。横の保安課長は黙っていた。

「岡村君には、君を京都にもらうということだけを云っておいた」

岡村というのは福岡県警察部長である。してみれば、警察部長には、秋島が警保局に呼ばれたのは京都府特高課長転任のためだと分っていたのだ。だが、それ以上のことは部長は知っていなかったのである。その警察部長が知っていない理由を警保局長は云い出した。

「わざわざ君に来てもらったのは内密な話があるからだ。……君は真道教というのを知っているだろうな？」

「はあ、知っています」

秋島はうなずいた。

真道教というのは新興宗教で、神道の系列である。真道教の本部は京都府下の矢持町にあった。教主は阿守《あもり》古智彦という。全国に五十万人くらいの信者をもって、別院も支部も多い。阿守古智彦は一年前に蒙古《もうこ》に行き、現地の馬賊上りの地方軍閥と提携し、蒙古地区に一種の宗教的な軍事政権を打立てようとしたことがある。教主古智彦は途方もない大きなことをする男だった。

「その真道教のことを少し勉強してくれないか」

顎の尖った警保局長は云った。秋島は相手のその顔を見つめた。

真道教は今から十二年前にも当局の弾圧を受けたことがある。教理が不敬罪に該当したのである。教主阿守古智彦は京都地方裁判所で有罪の判決を受けた。彼は控訴した。その控訴中に勾留が一時執行停止され責付出獄したとき、彼は蒙古に飛んだのである。責付出獄とは家族の責任において出獄させることである。だから彼の脱出は違法であった。

蒙古に行ったのは、真道教の信者で、もと海軍大佐で奉天《ほうてん》で銃器の販売業をやっていた男の仲介だった。古智彦は蒙古地方軍閥の将軍と会見した。古智彦は自ら活仏と称して、ここに「蒙古真道教」を作りあげた。文字どおりの神政軍事政権である。当時の将兵は二千人を超えていた。

それまで彼らの動きを大目にみていた奉天の張作霖が激怒して攻撃してきた。その将軍は捕えられ銃殺された。古智彦も危うく処刑されるところで、辞世の和歌までつくったが、日本領事館の介入で釈放され、大阪に送還された。帰国すると凱旋《がいせん》将軍のように迎えられた。時局のためである。古智彦はすぐに刑務所に入った。こういうようなことがあるうちに大審院の上告は原判決の破棄となった。

裁判はやり直しとなり、事実審理は振出しに戻った。その長い審理中に御大典の大赦令が出て、阿守古智彦は免訴になった。これが十数年前の真道教事件のあらましである。以後、真道教は教主古智彦の指導で以前の何倍もの勢いで伸びてきている。

この真道教を研究しろと、警保局長が云うのは、もちろん同教を弾圧するという意図であろう。秋島は局長と保安課長の顔を等分に見た。なぜ、弾圧しなければならないのか。真道教は教主が蒙古から帰って以来、国粋主義の大物がこれに結びついている。その大物は政治の上層部につながりを持ち、隠然たる勢力を持っている。真道教は愛国精神を高唱して、目下の国策の線を強力に走っている。これに手をつけたら、大物の国粋主義者たちが承知しないだろう。政界の上層部を動かして干渉してくるに違いない。大騒ぎになるだろう。警察は政治家に弱い。うかつにはとりかかれまい。

「真道教は強くなりすぎている」

と、警保局長は秋島の疑問を察したように云った。大きくなりすぎたという意味かと思うとそうではなかった。

「行動力を持ちすぎている。それを調べてもらいたい」

あとは保安課長と話し合ってもらいたいといって局長は出て行った。内務大臣に呼ばれているというのである。

「局長の云う意味がよく分らない。はっきり云って、弾圧の目的は何でしょうな？」

保安課長は秋島の二年先輩である。ほとんど同僚と同じだから、言葉も友だちづき合いになった。

「局長は真道教が行動力を持ちすぎていると云っただろう。これが少し心配になってきたのだ。必ず弾圧せよというわけではない。だから、君に調べてもらいたいと云ったのだ」

猪首の保安課長は云った。

だが、警保局長がそのために自分を福岡県から真道教の本部のある京都府に移したくらいだから、単なる調べや研究だけでないことは秋島にも分った。調べた段階で弾圧の端緒を見つけろという意図なのだ。秋島は、そう解釈した。保安課長も彼の顔色に眼でうなずいていた。

「ここに資料がある」

保安課長は風呂敷包《ふろしきづつみ》を解いた。なかに小包のように油紙で包んだものがあった。

「第一回の検挙からの予審調書、公判記録一切が謄写されてある。参考になるだろう」

「しかし、これはすでに免訴になった事件でしょう。参考にはなるが、同じ罪状で検挙は出来まい」

十数年前の真道教は不敬罪でやられている。裁判は一事不再理の原則で、裁判の確定したものを二度と同罪名で公判に付することは出来ない。

「その通りだ。だから局長は、真道教が行動力を持ちすぎているから、そのほうを調べてくれと云っている。これはただ真道教がどういうものなのか、その参考までだ」

「行動力を持ちすぎているとは？」

「信者は全国で五十万人と称している。そのうち青年層が約十万人くらいある。時局のせいで軍事教練をしている。それで研究してほしい」

「だが、真道教には偉い人がかなり関係している。一体、検事局のほうはどう考えているんですか？」

「検事局のことは分らん」

と、保安課長は一言で片づけた。

「君の云う通り、真道教は政界の上層部にもいわゆる知人を持っている。また、信者には海軍や陸軍の軍人がかなり入っている。これがうっかり眼を放せないところだ。といって、君の懸念の通り、うかつに手をつけたら、失敗するかもしれない。君の研究は、その棘《とげ》の無いところを見つけるんだ」

保安課長もはっきり云わなかった。しかし、秋島は、そのためにこそ京都府の特高課長に転任になったのである。その「研究」がただの意味でないことだけは彼にも分っていた。

真道教は青年層十万を擁しているという。また、真道教には陸海軍の軍人がかなり信者になっているという。秋島も、それで何となく警保局長の気持がぼんやりとだが分ったような気がした。

三年前、海軍の軍人が主となって、首相官邸や、内府邸、警視庁などを襲った。陸軍の見習士官もこれに参加している。民間の国粋的な農本主義者もこれを手伝った。国家主義の理論家は昭和維新を唱えている。世間は、こうした軍人の暴力襲撃に同情的であった。政党、財界の腐敗が国民には眼に余っていたのだ。まだまだ、これから何が起るか分らない。

真道教の急速な右傾化と行動化が政府に不安を感じさせてきたのだろうか。そのために事前に弾圧するという含みから、真道教を「研究」しろとなったのか。

しかし、真道教には右翼の大物がついている。彼らは先の事件にも隠然として襲撃組のうしろ楯《だて》となっていた。いま、うかつに真道教を手入れすれば、かえって大騒擾《だいそうじょう》が起るかもしれない。特定の右翼連中は、警察が腐敗政治家の手先となって皇道維新を妨害すると考えるだろう。悪くすれば前の事件以上の暴動が再び起るかも分らぬ。これが保安課長の云う「棘」である。秋島は、そういうふうに解釈した。

その棘の無いところを発見するのが「研究」であろう。この棘に手をふれると指から血が出る。だから、棘のない、安全なところを探せというのに違いない。

二

秋島正六は一週間後に京都に転勤した。家族は喜んでいる。同僚たちは彼の思いがけない栄転を羨望《せんぼう》した。全国で彼のほか四、五人が動いた。その小規模な異動が彼の京都転任のカモフラージュだとは、彼自身がよく分っていた。

秋島は、京都府警察部長に着任の挨拶《あいさつ》をしたが、部長も彼がいかなる目的でこの地に来たか分っていないようだった。部長は三年前に来たまま動いていない。秋島はまた、京都地方検事局の検事正のところにも挨拶に行ったが、それらしい話は少しも出なかった。秘密を守るためではなく、検事正も全く彼の任務を知らないのだった。

秋島は、真道教関係の文書を少しずつ集めて行った。同時に、保安課長から渡された十数年前の裁判記録や検挙記録などを丹念に読んで行った。その間、妻も部屋に入らせなかった。

京都の冬は早くから冷えこむ。秋島は、妻が茶を運んでくるときや、炭を火鉢にたしにくるときは、ひろげた書類の上を用意した別な紙でとっさに蔽《おお》うた。だが、記録類はあまりに多すぎた。妻も綴込《とじこ》みの表紙に書かれた文字などから、うすうす察するようになった。

「真道教がこの府下に本部を持っているんでね、それで少し興味があって読んでいる。ただそれだけのことだが、誤解をうけるといけないから、決してだれにも云ってはならない」

妻は夫の仕事にはあまり興味を持たない女だった。夫が何を調べ、何を遅くまで読んでいるか関心はなかった。男の子が二人ある。下の子は今度の転任でこちらの小学校に編入されたが、妻は長男が生れたときから、その世話にかかりきりで、彼の面倒はあまりみなくなった。それがいつしか癖になっている。馴《な》れている秋島も平生から、それに不満を感じないではないが、こういうときには助かった。

前の真道教事件の裁判記録を読むのに十日間以上かかった。秋島は、昼間普通どおり役所に出なければならなかったので、夜の二時、三時まで起きて書類をめくって行った。

真道教の開祖は、明治の中ごろに死んだ京都府下の田舎の老婆である。老婆は貧農の寡婦だったが、いつからか神がかりの状態となり、むやみと紙にカナ文字を書きなぐるようになった。今の教主阿守古智彦というのはあとで改めた名前だが、彼がその老婆の娘と結婚して暮しているうち、老婆のカナ書き文字に「霊感」を受けて、それから真道教を開いた。はじめは人にあまり相手にされなかったが、熱心に布教しているうちに同志も獲得し、信者もふえて行った。その過程で老婆の書きものは次第に宗教的理論で体系づけられ、真道教の教典となった。

真道教の教典は何種類もあるが、要するに根本は、『お筆留』と称する開祖の一見不可解な文章である。解読不能だから、多義的に受取ることが出来る。

しかし、簡単に云うと、『お筆留』の世界観は、この世には神の世界と人間の世界との二つがあって、人は絶えず神の意志に沿って行動しなければならないし、神の意志によって森羅万象の運行が決定されている。もし、人間が神の意に逆うような行動をとれば、個人的には病気や災難といった不幸を招き、国家的には滅亡を招く。国家の君主といえどもこの規定から例外ではない。それなら、その神の意志はいかにして探知出来得るか。それは神の世界から人間界に派遣された、神の子孫の言葉や行為によって知ることが出来る。

神とは何か。真道教では、その名前を悉《ことごと》く古典の『古事記』から取っている。真道教の神祖はカムナホビノカミである。この神は、イザナギノミコトが筑紫《つくし》の日《ひ》向《むか》の橘《たちばな》の小門《おど》の阿波岐原《あはぎはら》で禊《みそ》ぎ祓《はら》いしたときに成りませる十二柱の神のあとに生れた。イザナギは十二神を生んだあと、「上瀬《かみつせ》は瀬速し、下瀬《しもつせ》は瀬弱し」と云って、中瀬《なかつせ》に降りて滌《そそ》ぎをしたときに、汚垢《けがれ》の神の二柱を生んだ。その次に成れる神がカムナホビノカミ、オホナホビノカミである。さらにあと、イザナギは左の眼を洗った。そのときに成れる神がアマテラスオホカミ、右の眼を洗ったときに成れる神がツキヨミノミコト、鼻を洗ったときに成れる神がスサノオノミコトである。

したがって、カムナホビ、オホナホビは、汚濁《おじょく》をただし凶事を吉事に直すことを司る神である。また、この神はアマテラスオホカミ、ツキヨミノミコト、スサノオノミコトより先に生れたことでも分る通り、これらの神々の上位にあたる。そして、そのカムナホビノカミの意志を体得したオホナホビの子孫が現在の阿守古智彦自身である。

――

真道教によれば、開祖の老婆の書いた理解を超えたカナ文字は、カムナホビが現代の汚濁に対する警告であり、この啓示は凶事を吉事に直す神勅ということになっている。したがって、これを正しく解読し、これを現代人に分るように註釈《ちゅうしゃく》して教えているのがオホナホビの子孫古智彦であるという。

では、カムナホビの警告とはどのようなことなのか。その『お筆留』の文字こそ十数年前に不敬罪に問われたところである。

秋島は、予審調書、検事論告、判決理由書などを克明に読んで、罪状の成立した点が大体次の文句に結集されていることを知った。

①「頭《かしら》にいる者《もの》が穢《けが》れておるから下《した》の者《もの》が乱《みだ》れる」・「親方《おやかた》となっている者《もの》が自分《じぶん》だけ都合《つごう》がいいことをして、ほかの者《もの》はどうでもいいような精神《こころ》でおるから、世《よ》の中《なか》がいつになっても治《おさ》まらん」・「今《いま》の親方《おやかた》までいやらしい外国《とつくに》の服装《ふうてい》をしているような時節《とき》じゃから、さっぱり目《め》が醒《さ》めん」

②「神《かみ》の云《い》うようにせんと末代《まつだい》まで治《おさ》めることはとてもむつかしい。どうしても心《こころ》が直《なお》らんなら、脇《わき》へ除《の》いているがよい。一人《ひとり》と世界《せかい》とは替《か》えられんから。どうしても神《かみ》の云《い》うことが聞《き》けんなら、その住居《すみか》を出《で》て行《い》くがよかろう。あとは神《かみ》が気儘《きまま》にさしてやる」・「いつまでも神《かみ》の心《こころ》が分《わか》らんなら、落《お》ちて行《い》くよりしようがあるまい」

③「畜生《ちくしょう》のような外国《とつくに》の魂《たましい》が入《はい》って来《き》たで、この乱《みだ》れた悪《あく》の行《おこな》いになっておる。今《いま》までのように上《うえ》に立《た》つ者《もの》が手代《てだい》の云《い》うままに操《あやつ》られるようなことではいつまでも治《おさ》まらん。これからは親方《おやかた》が今《いま》までのような人形《でく》ではゆかんようになる」・「カムナホビノカ

ミとオホナホビノカミとの魂《こころ》が一《ひと》つになって、この世《よ》の大神《おおかみ》となって現《あら》われる。それが阿守《あもり》の身《からだ》に入《はい》って口《くち》で云《い》わせ、手《て》で書《か》かせておる。これを聞《き》いたり見《み》たりして守《まも》れば、万々《すこしも》間違《まちが》う気遣《しんぱい》はない。親方《おやかた》も知《し》ったことではない。阿守《あもり》はこの世《よ》の元締《もとじめ》、尊《とうと》い地《じ》の王《おう》である」・「親方《おやかた》の後悔《こうかい》は神《かみ》が世話《せわ》してやらねばどこにも行《ゆ》く道《みち》はない」・「阿守《あもり》の身《からだ》に神《かみ》が現《あら》われてからこの世《よ》を見《み》れば、今《いま》の親方《おやかた》の行状《おこない》は深山《しんざん》の蔭《かげ》に立迷《たちまよ》っておる」・「人民《たみ》がよう行《い》かぬ深山《しんざん》に住《す》む者《もの》に神《かみ》の心《こころ》が無《な》いから、鶏《にわとり》が時《とき》を告《つ》げぬのじゃ」・「神《かみ》の血筋《ちすじ》とはいうても当《あて》にはならぬ。原始《もと》の世界《せかい》によう戻《もど》れぬまま悪《あ》しき心《こころ》をつないでおるから、世《よ》が建替《たてかえ》れぬ。立替《たてなお》をせんことにはこの世《よ》は乱《みだ》れるばかりじゃ」

――判決理由書によると、ここにいう「親方」とは天皇のことを指している。すなわち、天皇が悪いから現代の統率が乱れ、日本が亡びようとしている。それにはカムナホビの神言を実行するオホナホビの子孫阿守古智彦を推し立て、天皇を退けなければ、世の建替えは出来ぬとしている。世の「建替え」とはいわゆる「神政」のことを指している。

大体、以上が不敬罪を成立させた諸点であった。

秋島は腕を組んで考えた。真道教の教理は今も当時と変っていない。だから、これを再び不敬罪に問うことはできない。一事不再理である。それが分っているから、真道教でも以前に増してこの点を強調しているのだ。手もとに集めた開祖の『お筆留』は前の検挙のものと少しも変っていないし、古智彦の説くところも、また、その周囲の解説書もそれに沿っている。

もっとも、時局から現在の真道教の註釈には、「親方」が天皇のことだとか、「人民が行けぬ深山」が宮中のことだとか、「その住居を出て行くがよかろう」というのが天皇の退位を逼《せま》っていることだとか、「人形《でく》」が天皇の人格をさしていることだとか、そんな露骨な解説はなされていない。そのへんの解説はあっさり素通りして、ほかのことを云っている。神の意志による「愛国精神」が説かれている。しかし『お筆留』の肝腎《かんじん》な点に解説がふれていないのは、かえってそこが神秘化され、重要視されているともとれる。

おそらく、これは文字の上での解説を避け、古智彦の意をうけた伝道師たちが信者に口で伝えているのであろうと秋島には思われた。しかし、たとえそうだとしても、大審院で原判決が破棄され、つづいて免訴になった以上、これを追及することは不可能である。

真道教のほうでも、この免訴によって、あれは警察や検事局が間違っていた、その証拠に「無罪」になったではないか、われらの真理は裁判によって貫かれた、あの事件は法難のようなものである。この難儀を経て神の言葉、真理はますます輝く、と大きく宣伝している。

真道教は十数年前の大検挙で、その広壮な敷地にたてられた神社建築がことごとく当局によって打ち壊された。古智彦以下幹部約二十人が獄につながれた。このときの印象で、世間は真道教を「邪教」とか、「淫祠《いんし》」とか思いこんだ。この印象を拭《ぬぐ》うのに、真道教は躍起となってきた。「愛国精神」を表に大きく打出し、教主以下が全国に大宣伝して回ったのもそのためである。その効果はあらわれて、現在の信者数は弾圧前の数倍にふくれあがっている。警察の眼で秋島はそうとった。

それに、なんといっても教主の古智彦の人物的魅力が強かった。天衣無縫というか、子供のように無邪気である。云うことが現実感がないくらいに滅茶滅茶に大きい。その行動は、前に蒙古《もうこ》に行き活仏と称したことでも分るように人の考え及ばぬことをする。しかも、銃口の前に立ち、辞世までよんだのに、死を脱《のが》れ得たのは、一種の神秘力をおもわせる。信者は容易に教主がオホナホビノカミの後裔《こうえい》であり、カムナホビノカミの化身と信じたであろう、と秋島は思った。

蒙古の冒険から帰った古智彦は、それだけ一段と人間が大きくなったようなものだった。満州国は未《いま》だ内蒙古までは編入していなかったが、いずれそうなるであろうことは予測されていた。それは軍部の意図でもあり、国民の希望でもあった。蒙古地区に小規模ながら一種の日本政権を樹《た》てたようなものだから、人気は昂《たかま》った。以前、新聞では冷笑されたり揶揄《やゆ》されたりしていた阿守古智彦だが、それ以来、敬称がつくようになった。

そして真道教の周囲には長老級の国士や右翼の大物の名がささやかれるようになった。陸海軍の若手将校が入信しはじめた。現在の政・財界の腐敗は、真道教の宗教運動によらなければ改革はできないと一部では本気に思いこんでいるらしい。その組織はある。全国の青年信者十万人が軍事教練をしている。「愛国精神」に則って国家有事の際に挺身《ていしん》するという宣伝だが、近ごろは会社でも工場でも同じことをしているので、真道教のそれも別にふしぎではない。かえって世間ではそれをたのもしく思っているようであった。

秋島は、警保局の保安課長が、真道教に陸海軍の若い将校がかなり入信しているのは心配だと洩《も》らした言葉を忘れていなかった。

三年前に、海軍の若手将校と陸軍の見習士官とがいっしょになって政府機関を襲撃し、時の総理大臣を暗殺したが、あれは民間組を合せても、せいぜい三十人くらいだった。人数が少かったために、各組に別れると知れたものになった。そのせいで、相互の連絡が悪かったり、実行が徹底しなかったり、後続がなかったり、命令系統がばらばらになったりした。それでも、あれだけのことができた。警視庁が襲われたときなど、巡査たちはクモの子を散らすように逃げたものだった。

しかし、この次に、それが一万人以上という「軍隊」になって襲撃したとき、日本は一体どうなるだろう。これは完全に内乱である。ある教団がそれに参加すれば、宗教による完全な統制が行われる。もちろん、現在の真道教は、そこまではいっていない。だが近い将来の可能性はある。警保局長や保安課長の危惧《きぐ》、いや、政府首脳部の不安がここにあるのだろう。そうなる前に破壊せよというのだろう。秋島は容易にそこまでは推知できた。政府首脳部の不安は、もっと上層部の、重臣たちの心配ではなかろうか。

しかし、それはあくまでも可能性の問題である。現在、その実態はない。実在しないものを罪に問うことはできない。どのように可能性はあっても、それは将来に属する問題である。証拠の無いことであった。刑法は犯罪を立証しなければならない。ましてて、真道教には右翼勢力がその外壁にとりついていることでもある。保安課長の云う「棘《とげ》」である。その意味では、免訴となった不敬罪も棘であった。再びこの容疑で検挙することはできない。強引にやっても検事局が承知しないだろう。公判維持の不可能なことが分っているからだ。

秋島は、今年の九月に発せられたばかりの警保局長通達をとり出してみた。それは、時局の重大化につれて社会不安がかなり深刻となっている。また各種の社会運動が根深く行われているばかりでなく、新たな運動が相交錯して続発し、言論、出版なども不穏に亙《わた》るものが少くない。これが取締の適正を失うと由々しき事態を惹起《じやつき》する情勢になっているので、治安維持の重責をますます全うしなければならない、という趣旨だった。その中にこんな文句がある。

「また急進的国家主義者等の不穏策動は、各位の努力によりいずれも事端を未然に防止し来り、これが全国的動向は表面やや鎮静に向い、世上にはいわゆる社会不安と称せられるものも日と共にうすらぎつつあるやに伝うるものもあるのであります。しかしながら、潜行的の不穏策動は各地に亙り依然として継続されつつあり、いささかも偸安《とうあん》を許さざるのみならず、取締上、むしろ一層の苦心を要する。最近、愛国運動の美名に隠れ、私利私欲のため、脅迫、恐喝、その他の暴行、傷害等の非行を敢てする不純分子が漸次《ぜんじ》多からんとする傾向も窺《うかが》われるのであり、遺憾に堪えないのでありますす」

ことは極めて抽象的に述べられてある。この急進的国家主義者の不穏策動の中に真道教が含まれているかどうか。「愛国運動の美名に隠れ、私利私欲のため」というのがその中に当てはまらないでもなさそうだが、まだ明確に教団のことを指摘しているとはいえない。

それでは、真道教を取締ろうとしたら、ほかにどういう点があるか。いわゆる宗教類似教団はほとんど治病行為をおこなっている。信者を獲得する上で必要不可欠な条件である。およそ歴史的にみても新興宗教が民衆を最初に惹《ひ》きつけるのは現世利益《げんぜりやく》であった。キリスト教も、浄土真宗もそうである。だが、この治病行為は医師法違反、薬剤法違反に該当する。こうした宗教がいずれも正当な医療行為を妨害するからである。

また、信者に対して、その信仰過程で財産の搾取をおこなっている。これも詐欺罪を構成する。あるいは、その出版物は無届出版が相当多いので、出版法違反に問うことも出来る。また信者の理解をたやすくするための文書図画の出版もしているが、この中には風俗を壊乱する絵画が往々にして見られる。あるいは、その信者をして医師の診察を拒ましめ、投薬を拒絶させるために病者が死亡する例がある。すなわち、刑法の業務上過失致死罪を構成する。

こう見てきたが、秋島は、それはなにも真道教に限らないと思った。他の同様な宗教類似教団はほとんど同じことをしている。してみれば、これらの罪名に問うて真道教を弾圧するのは不合理となる。また、これだけでは罪名としてはあまりに小さすぎる。少くとも警保局長が意図する真道教に致命的壊滅を与えるにはあまりに小さすぎた。こんなことをやっても、それは一部の浅傷《あさで》にすぎず、かえって真道教は反撥《はんぱつ》して、いよいよ強力なものとなろう。

秋島の前面には、一事不再理の壁と、実在しない、ぼんやりとした可能性の壁とが隙間もなく立塞《たちふさ》がっていた。一体、棘の無いところはどこなのか。

秋島は、十数年前の真道教検挙の記録を読んでいるうちに、ひとりの特高課員が真道教の内部に潜入していたことを発見した。この男は入信を装い、教主古智彦の秘書役の一人となった。彼は忠実な秘書として教主の信用を得、着々と内部の重要記録を収集した。これがどれだけ断罪の証拠となっているか分らない。よくもそこまで潜入できたものだった。

秋島は、このような人物が今回の場合も必要だと思った。ただし、前回のスパイに懲りているので真道教も相当厳重に警戒するに違いない。よほどの者でないと看破されるおそれがあった。

京都府に着任して間もない秋島は、ここの特高課から人を得ることは困難だと思った。どの部下がそれに適格なのかほとんど知らぬ。これは警察部長や課の次席に相談出来ないことであった。任務は彼が警保局長から直接に命じられたことであり、府の警察部長が何も知らないでいるのでも分る通り、或《あ》る時期がくるまで行動は秘匿しなければならなかった。

秋島が思いついたのは、福岡県特高課にいるときの部下で江頭末造という警部補だった。私立大学を出ているし、手腕もある。それに海軍主計少尉だった。彼なら適任と思われた。

秋島は警保局長宛てに直接に長い手紙を書いた。いま、前の真道教事件の記録を入念に調べていると述べ、どうやら目鼻がついたようだからこれから内偵に入りたい、それには福岡県特高課にいるこういう者を自分のもとに転勤させるように計ってほしいと依頼した。

江頭警部補が、その陽に焼けた顔を秋島の官舎に見せたのは、半月ほど経った年末近い夜だった。官舎は相国寺《しょうこくじ》の裏にあった。朝夕には勤行の声が聞える。

「急なことでびっくりしました」

江頭は火鉢に両手をかざし、背をかがめて秋島に云った。彼がこの急な抜擢《ばってき》に感激していることは明らかだった。

「どうしても君が欲しかった。少し重要な任務がある」

「課長のもとなら働き甲斐《がい》があります。水火も辞さないつもりです」

江頭は九州訛《なま》りで云った。

「君をこちらにもらったことで、県の特高課はどんなふうに云ってるかね」

「はい。課長が県に在任されておらすときからわたしは可愛がっていただきましたけん、今度も課長に引っぱられた云うて羨《うらやま》しがっとります」

「そうか」

その程度なら、まず周囲にこの仕事を気づかれることはあるまいと思った。

「君はさっき、ぼくのもとなら水火も辞さないと云ったな。実は、文字どおり危険を伴う役を君に頼まなければならない」

「課長。また共産党の検挙ですか?」

「そんなものではない。いまから話す」

外に風は無かった。それだけに冷えこみが重く沈んでいる。遠くのほうで歳末売出しの蓄音機が鳴っていた。軍歌であった。

話しおわったとき、江頭の呼吸が荒くなっていた。脂ぎった顔の男だが、額に汗が滲《にじ》んでいた。秋島は江頭の昂奮《こうふん》を見ながら、自分では、ふいと意識の途切れのようなものを感じた。何か一切の関りから離れたような感じであった。

「君は警察部長にだけ着任の挨拶《あいさつ》をすればいい。あとはよろしい。次の日から胸部疾患の再発ということにして逗子《ずし》の療養所に入ったことにする。長期病欠だ。こっちで顔を知られないほうがいい」

瞬間、意識が裂けたような秋島の頭の隙間に逗子の海が満ちてきていた。

江頭が額をぬぐった。

三

年末から正月にかけての休みの間を、秋島は家にひきこもり真道教から出ている刊行物の熟読に当てた。

刊行物は、秋島が特高課の内勤に云って、教団の支部からぼつぼつ買わせたものである。当人には、絶対に警察の者だとは云わないで買ってくるようにと命令した。真道教の支部は市内にもほうぼうにある。支部から、さらに集会所がいくつかに分れている。集会所はたいてい熱心な信者だったから、そういう刊行物を求めに行けば喜んで頒《わ》けてくれた。信者になれ、と勧められたのはもちろんだ。その巡査は、いろいろ拝見した上で、と答え、さりげなく運んできた。

それらの中には十数年前の検挙の際に無かった刊行物がある。その中心は阿守古智彦の著作した『神界霊異記』である。これは途方もなく厖大《ぼうだい》な著述で、すでに六十九巻に及んでいるが、未だ完結に至っていない。

その序文によれば、阿守古智彦がかつて或る山の岩窟《がんくつ》で修行した際目撃した神界の事象を記録して、それにより『お筆留』の真の意義を註釈解説したものであるとなっている。

内容は、神界において善なるオホナホビノカミの化身が悪なる神と闘う筋である。登場人物は実に多い。それがいちいち神の名前になっているので、よく読まないと頭が混乱してくる。文体も講談調のところもあって、だれもが容易に理解出来るような興味的な物語に仕立てられている。神界の出来事だが、或るときは、オホナホビノカミの化身が孫悟空のように宇宙を駆けずり回って、さまざまな災害や敵の謀略に苦しめられながらも悪神を懲らす、あるいは改心させるという場面が多い。また、集団的な闘争では、『三国志』を読むような場面もある。そうかと思うと、世話物を読むような人情噺《ばなし》も出てくる。これほど愉快な物語も少かった。

もちろん、六十九巻の長さだから、筋が冗漫になったり重複したり、混乱したりしている。はじめからきちんと構成されたものでないのがそれでも分る。おそらく古智彦が思いつくままに口にしたのであろう。著作には口述筆記者の名前が数人出ているから、古智彦が興の湧くままにしゃべるのを傍らから書き取ったものであろう。

そのテーマは、天地未だ形を成さず、脂のごとくして、水母《くらげ》なす漂えるとき、葦牙《あしかび》のごとく萌《も》えあがるものから成りませる神の中にカムナホビノカミとオホナホビノカミがあった。カムナホビノカミの神政当時は、まことに神界も平和に秩序正しく治められたが、そのうちカムナホビノカミは引退した。その後は世界が本来の主宰神を失ったため次第に地上に邪気が充満し、弱肉強食、私利私欲の巷《ちまた》と化し、暗黒混乱の修羅場を現出するに至った。これらの模様を描き出すのに『神界霊異記』は、外国の各王国の対立抗争、興亡変遷が述べられ、さらに各王宮廷内の腐敗乱脈、政道の頽廃紊《たいはいびん》乱《らん》の有様が詳しく記述され、やがてその災いが日本にも及んでくるようになる。……到る所にやさしい比喩《ひゆ》が用いられてあるが、それが現在の政財界腐敗と人心の不安定を表わしていることはいうまでもない。

さらに、この物語は、遂に正しい神意を受継いだオホナホビの子孫が地上界に現われるのは地球の創生より三十五億七千万年ののちで、これは天運の循環を計算してのことである。そして、現在がまさにその三十五億七千万年に当るから、阿守古智彦がその子孫の出現であることは疑いないというのである。

整理すれば、『神界霊異記』はこれだけのプロットだが、なかの物語は多岐に亙《わた》り、涯《はて》しもなくひろがっているので、ざっと読んだだけでは摑《つか》みどころがなかった。そのほか、古智彦が信者のために『お筆留』を註釈《ちゆうしやく》した著作集八巻や、その講演集三巻や、折々の随想を集めた全集を合算すれば実に百二十巻以上にもなるだろう。これだけ集めるには、とても一人では間に合わない。

秋島はT大を出て、官僚としては有資格者であった。自分ではずいぶんと本を読み、その理解力もあるつもりだった。しかし、この真道教の刊行物の前には半ば呆然《ぼうぜん》自失した。あまりに対象が拡散しすぎて凝集点がない。だが、これから何かの具体的な形を求めなければならない。それにはどのような方法をとったらいいか。

たとえば『お筆留』に書かれていることは前の裁判ですでに免罪となっているから、事犯の対象にはならない。『神界霊異記』は、その趣旨を敷衍《ふえん》して物語風に創作されたのだから、これだけをもってして不敬罪とは云い得ない。なかにはずいぶんと天皇を批判したと思われるような字句が発見される。だが、それをせんじ詰めてゆけば、結局はすでに免罪となった前の事犯に到達するのである。これでは何の役にも立たない。

どこに棘《とげ》の無い部分を求めるべきか。秋島は、対象が自分の視界を超えた、あまりにも摑みどころのないことにあせった。年末から正月の休みにかけて、彼は真道教の刊行物の大半は読み尽した。必ずしも精読とはいえなかったが、ひと通り通読した上で、その概念を摑もうとしたのである。他の厖大な犯罪記録を読み、そこから要点を摑むのは自分でも慣れていると思っていたが、今度ばかりはそれが出来なかった。疲れた眼で手もとに届いた新聞を読むと、広告欄に或る商品の写真が出ている。アミ目版がひどく粗いので、ちょっと見ると何が映っているか分らない。だが、それを眼を細めて見たり、遠くに離れて眺めたりすると、その粗いアミの一点々々が凝縮して人間の顔を結像していた。

おれのやっていることはこういうことかもしれないな、と思った。いま彼が読んでいる記録の文字は、このアミ目版の一点一点であった。対象の見当がつかない。しかし、この写真版がそうであるように、その一点一点の細まりや肉太さを結合すると、はっきりと現象が現われている。秋島は、記録の文字のどのような小さな点も、また無用と思われる大きな点も、それぞれ秩序立って結合すれば、一見、つかみどころのない相手の像が鮮明に浮び上ってくると思った。その仕事を、これから半年がかりでじっくりとやることである。

正月明けから二週間すぎた。警保局から、すぐこいという電報がきた。

単独の上京だが、新聞記者の眼は彼の行動にまだ注目しなかった。特高課長が内務省に喚《よ》ばれたのは単純な事務上の打合せだと思っている。どの社もその目的を訊《き》きにこないし、駅でもつかまらなかった。

「何か筋がとれたかね？」

顴骨《ほおぼね》の出た警保局長が落窪《おちくぼ》んだ眼を光らして秋島に訊いた。

「いや、まだ、その途中なんですが、もう少ししたら何とかなりそうです」

秋島は苦しい答をした。横には、やはり肥った保安課長がいるだけだった。

「最近の情報だが」と断って警保局長は云った。「真道教が東京の右翼団体に金を出しているということだ。いまのところ、三十万円くらいという話だが」

「右翼団体ですか？」

「このごろは国体明徴運動が盛んだ。その中核団体で運動資金を欲しがっている。財界からはあまり出ないらしい。当局の通達もあって、そういう右翼の行動団体に金を出すのを怕《こわ》がっている。なにしろ、三年前の軍人組の襲撃事件があるのでね。あれにも多数の右翼分子が参加していた。そこでその右翼団体が眼をつけたのが真道教だ。あすこは信者から集めた金が唸《うな》るほどある。そいつを吐き出させようというわけだ、パイプは大迫《おおさこ》中将あたりらしい」

大迫予備陸軍中将は国体明徴運動のために全国を精力的に講演旅行してまわっていた。運動の本部がいわゆる右翼の理論家と行動派とで結成されているのは、すでに周知のことだった。

「うしろに遠山充翁と中田隆平とがいるらしい。この二巨頭は、知っての通り真道教の顧問役みたいなことを引受けている」

国体明徴運動は二年前から急に世間に大きく出てきた。きっかけは美濃部達吉博士の「天皇機関説」の論議からだった。この憲法学者は、すでに上杉慎吉博士の説と以前から対立していたが、二年前の議会で菊池武夫、江藤源九郎などの議員から弾劾を受けるや、美濃部はにわかに国粋論者の非難を浴びて、不敬罪で起訴寸前のところまでいった。博士は、それで公職一切を辞し、謹慎した。だが、野党が天皇機関説を攻撃したのは、実は敵は本能寺で、内相と法制局長官とを窮地に追込み、内閣を瓦解《がかい》させる目的だった。だが、効果は意外なところに逸《そ》れて右翼運動に油を注ぐ結果となっている。

「つまりだな、こうした右翼団体が真道教から金を取り、真道教は愛国精神の看板に便乗して真道教の発言を大きくし、ますます信者数をふやそうというわけだ。危険なのはここだよ。たしかに真道教は金を持っている。その金が右翼に資金として流れた場合、この前の帝都襲撃事件以上の騒動がいつ起らぬとも限らない。総理や内務大臣もそれを心配している」

しかし、警保局長は、資金の流れだけで教団を検挙することは出来ないと云った。国体明徴運動に賛成しての寄付だから、何ら刑法上の問題にはならない。問題はそこから将来起るであろう右翼による秩序破壊行為と暴動であった。右翼団体ではすでに民間人による内閣を認めず、皇族内閣を計画し、天皇親政の出現を期待している。こういうことを警保局長は、小さな声だが力強く諄々《じゅんじゅん》と秋島に話した。

「早急に何とかしてくれ。君ひとりではもう間に合わなくなったから、京都の警察部長を更迭するつもりだ。そうすれば君も働きやすくなるし、また新部長と相談して部下も必要な数だけとりなさい。あとは保安課長と打合せてくれ」

痩《や》せた局長は、これから客がくると云って二人をその部屋から追出した。

「京都府警察部長には、静岡の山際さんに行ってもらうことに決めた」

と、保安課長は秋島を自分の部屋に誘いこんでから云った。山際は前に神奈川県の特高課長の経験があった。秋島は、それはいい人が来てくれることになった、と保安課長に云った。

「発令は来月一日付になるだろう。本人にはすでに局長から意図が達せられてある。そうなれば、君もずっと仕事がしやすくなる」

秋島は、内務省警保局が強い決心を持っていることを改めて知った。同時にもたもたしている自分を考え、容赦なく外からの締めつけがはじまっているような気がした。

「教団の刊行物を読んでいますが、これが大変な難物でしてね、まるで筋がとらえられない。自体、神がかり的な文句の上に、口述者が思いつくまま話しているので、文意の通らないところが多いんです」

秋島は、教主古智彦の『神界霊異記』のあらましを話した。保安課長は、ふん、ふん、と聞いていた。

「しかし、そういうことを調べても、結局、前の裁判で免罪となったところに行きつくと思うんです。結局は、前の裁判で問題となったところを、角度を変えて書いているだけですからね。つまり、不敬罪はむつかしいんです」

猪首《いくび》の課長はうなずいていた。秋島は訊《き》いた。

「さっきの局長の話ですが、教団から金が右翼のほうに流れているとすると、これを押える方向に道をつけてみましょうか？」

「いや、それは駄目だろうな。単に金を渡すだけでは寄付行為だからね。国体明徴運動に賛成して運動資金を提供したと云えば、立派に大義名分は通る。また、その金の流れを弾圧すれば、右翼団体は怒って手がつけられなくなる。その寄付がいけないとなれば、もらった右翼団体そのものに刑法にふれる行為がなければならない。たとえば、三年前の襲撃事件のように治安維持法違反といったものだ。だが、右翼団体にはまだそこまでの具体的な計画は無い。漠然とした動きだけでは予備罪にもならない。したがって、寄付行為の線からでは真道教の弾圧はむつかしい」

当局が実際に恐怖しているのは、真道教の多額な資金が右翼に流れ、その行為を活《かっ》潑《ぱつ》にしていることである。教団は豊かな財力を持っている。今後もその金を右翼に提供するだろう。昭和維新を唱える右翼の行動派が何をするか分らない。重臣の恐怖も、政府の不安もここにあった。

「真道教だって今のところは、そうした右翼に利用されていると分っていても、彼らと結びついたほうが皇道精神を発揮することになり、それが教理とつながって、教団の発展のために得だからね。案外、教団のほうは右翼に利用されていると思わせて、逆に彼らを利用しているのだろう。事実、真道教には若手の軍人の入信者がいるから、その傾向は早いわけだ。いまのうちに何とかしなければならない。なんとか目鼻をつけてくれ」

保安課長が目鼻をつけてくれというのは、「研究」によって検挙の端緒《たんちょ》を摑《つか》めということである。相手を弾圧できる口実をがむしゃらに見つける研究である。

「帰りに静岡に降りてくれ。そこで山際警察部長に会って、いろいろ打合せをしてほしい。もう、とても君ひとりだけでやる段階じゃなくなっている。少くとも警部クラス二名、警部補三、四名くらいで特別班を編成しなければなるまい」

そう教えた保安課長は、秋島に、いま、偵察としてはどういう方法をとっているかと訊いた。秋島は、前任地から呼んだ部下を教団に潜入させているが、まだ報告が来ていない、と答えた。

「ああ、この前君のほうから云ってきた九州の男だな。そういうものがもう二、三名は要るだろう。真道教は京都の本部だけでなく、東京にも、広島にも、福岡にも別院を持っている。各県に頼んでいては秘密が洩《も》れるから、君のほうで直接に派遣したほうがいいな」

なおも細かな話合いをしたが、結局は秋島が早く方針を立てなければならないことだった。だが、まだ棘の無い、皮膚の柔らかい部分は発見出来ずにいる。真道教の組織はあまりにも多岐に亙《わた》り、茫乎《ぼうこ》としていた。

その晩、保安課長が一席持ってくれたが、飲んでいるとき課長は、ふと、盃を置いて耳打ちした。

「君、帰りに湯河原《ゆがわら》に降りてみてはどうかね。あすこには心理学者の大村故郷という人がいる。新興類似宗教の研究では第一人者だ。前に警察学校の講師として頼んで話をしてもらったことがある。君が真道教の刊行物で困っていると云えば、あるいは、教理やその他の点でいい忠告が聞けるかもしれないよ」

秋島は大村故郷の住所を手帖《てちょう》につけた。

「如才はあるまいが、新聞社などには絶対にその気配を察せられないように。少しでも気配が分ると、向うでは忽《たちま》ち対策を立てるからね。証拠を消すだけではない。例の右翼の大物が動いて政府筋にどんな工作をするか分らない」

大村故郷の家は湯河原の温泉場からはずれた山裾《やますそ》にあった。石垣の上に蜜柑《みかん》の樹に囲まれた農家風な平屋であった。

大村故郷は六十すぎの眉《まゆ》のうすい老人だったが、秋島に口を尖《とが》らしてしゃべった。

「新興宗教がどうして起るかというと、既成宗教への不信、思想の混乱、経済生活の不安定、それに、医療制度の欠陥と近代医学に対する不信といったものがある。既成宗教は小財閥になり下って堕落している。医療にしても貧乏人は十分な治療が受けられない。それに、わが国の低い層に亙っている迷信が、こうした新興宗教の素地となっている。それに、こうした宗教を取締る法規が不十分だ。わずかに警察犯処罰令などに、二、三の規定があるが、なんら統一はなく、対象も軽微な罪である。確乎とした宗教取締法といったものが出来ていない。満州事変以来、中小工業者は大資本の重圧に悩まされ、下級サラリーマンや農民は生活不安にさらされて明日の希望を失おうとしている。その焦燥不安が極度に達すると、その慰安を新興宗教に求めようということになる。そこに新興宗教が伸びてくる理由がある。

新興宗教では、ほとんどと云っていいほど、開祖なり教祖なりが、神がかりの状態で教理を発明する。この神がかりの状態は、心理学的には憑霊《ひょうれい》現象といっている。もともと、憑霊現象は宗教の起源とも関連を持っているから、容易に世間を惑《まど》わすことが出来る。この憑霊の起る原因は、いうまでもなく本人自身の精神作用だ。いままで憑霊現象は神秘的に考えられたが、今日では、その現象はすべて本人の精神作用、すなわち、意識分裂にほかならぬとなっている。通常人でも、この意識の分裂はある。たとえば、心の一方で事業上の或《あ》る問題について計画を立てながら、同時に心の他のほうは明日の旅行の予定を考えるように、われわれの精神は、しばしば一定の目的に向って進む統一ある思想の流れを形成しないだけでなく、かえって反対におのおの独自の発達を遂げる、多少孤立した心的過程より成立することは多いのである。

しかし、普通のこうした心理状態では、意識の分裂は単に一時的か又は部分的であって、両者の精神活動はいずれもわれわれの自我意識の統御のもとに行われ、したがって、われわれの意志を以《もっ》てそのいずれをも自由に放棄することが出来る。しかるに、或る病的の信憑状態、たとえば、精神病者における意識分裂にあっては、この自我意識の統御はもはや破壊されて存在しなくなる。したがって、分裂した意識は全く個々に独立して、それぞれ自由に発展を遂げるようになる。これを心理学上同時的意識分裂という。

同時的意識分裂の最も単純なものは、いわゆる自動書記の現象だ。この自動書記が次第に熟練すると、本人の主意識とは全く没交渉に分裂意識は異常な発達を遂げて、ときには堂々たる文章、絵画を書き表わし、本人自身の主意識をおどろかすことがある。こういうときに俗間で神霊の憑依をうんぬんするのである。しかし、書き表わされた文章は、ちょっと見ていかにも不思議に見えるが、仔細《しさい》にこれを調べると、常に本人自身の精神能力範囲を出ていない。いわゆる『お筆先』とか『お筆留』とかいった現象もこれと全く同じである……」

庭先の赤い蜜柑の上に、遠くの青い海の一部がのぞいていた。秋島は去年の末、官舎で江頭と話しているうちに、瞬間の意識の分裂に見えた海の色がこれだな、と思った。

四

温泉帰りの客といっしょに湯河原駅から乗った秋島は、列車の中で大村故郷の話を整理してみた。

真道教の教理は不敬である。『お筆留』の文句を解釈、註解した文字はいずれも現在の皇室を否認し、阿守古智彦が神の意志によって統治者にとって代るように書かれている。免罪になった後に書かれた古智彦の『神界霊異記』はそれを物語風につくったまでだ。しかし、これを追及してゆけば前の裁判審理の範囲に入りこんでしまうので起訴はむつかしかろう、再生の真道教はじつに盲点をうまく利用したものだ、と大村故郷は慨嘆した。不敬の点をとがめないで、類似宗教の邪教団体として罰しようにもその法令は弱い。明治五年九月の「大蔵省達第百十八号」（無願ニテ寺院仏堂創立禁制）、明治三十二年七月の「内務省令第四十一号」（神仏以外ノ宗教宣布並堂宇等ニ関スル規定）及三十八年の同改正、明治五年の「太政官達」（神殿ハ無願ニテ建築スルコトヲ得ス）、それに、大正二年の「内務省令」（神社創立ニ関スル布達第三十一条及第三十二条）くらいなものである。そして、この法令適用は、さきの検挙の際にも用いたのであるから、それが免罪となった以上、二度と口実にすることは困難だろう、こんな粗漏な古い法令でなく、現在の状況に適合した新しい法規を早く確立しなければならない。憲法に保障された信仰の自由が悪用されているので、この改正を考える必要があろうと、大村故郷は力説した。要するに、真道教を弾圧するのに、現在の法律がことごとく無力であることを秋島は教えられたにすぎなかった。大村の説く法律改正は今のことには間に合わない。

秋島は静岡で降りて、次に京都府警察部長に内定した静岡県警察部長をこっそりその官舎に訪ねた。東京からの連絡で、警察部長は役所から早く帰って待っていた。保安課長にどこか似たような巨《おお》きな男だったが、今度のことは全部君に任せるから、何でも仕事のしやすいように自分に云ってくれ、と云った。善良そうな男である。おそらく、この警察部長は、今度の真道教大検挙で将来の昇進が約束され、よろこんでいるに違いなかった。ここで秋島は特別班の編成で相談したが、警察部長は少しも異議は挿まなかった。

この話の間、秋島にはまた瞬間の意識の断絶が起った。部長に現在の調査の状況を説明しながら、思考が全く別のところにふいと走るのである。それも目的のある思考ではなく、旧《ふる》い友だちのことを思って、あいつは今どうしているかなと考えたり、妻との日常的な会話が蘇《よみがえ》ったり、あるいは、いまの仕事とは全然関係のない、普通の人との話のつづきを思いついたりした。どういうわけでこのような気持になるのか分らなかった。彼は大村故郷が云った「われわれの精神は、しばしば一定の目的に向って進む統一ある思想の流れを形成しないだけでなく、かえって反対におのおの独自の発達を遂げる、多少孤立した心的過程より成立することは多い」という言葉を思い出した。——

京都の官舎に帰ってみると、江頭からの報告が厳封された手紙で届いていた。

それによると、彼が本部の総務課に入れたこと、ここはいわば教団全体の庶務みたいな仕事だが、うまくすると、教主の直属になっている別な部に潜入出来るかもしれない、それには彼が大学を出ていて、海軍主計少尉の履歴が役立っていることなどが書いてあった。ただ、前に警察からスパイが入ったことが分っているので、あるいは期待どおりなことにゆかないかもしれない。まだ具体的な内部の犯罪事実を握ることが出来ないが、そのうち追々と分るだろう。教主の勢威は絶大なもので、教団の中ではまるで天皇のごとき存在である。また、その妻子親戚《しんせき》は連枝として信者たちに大切にされている。しかし、私生活は外部で想像されたように贅沢《ぜいたく》ではなかった。信者から集める教団の資金は莫大《ばくだい》なものらしいが、数字はつかめない。隠匿《いんとく》された資産もかなりあると考えられる。信者の青年たちによって火隊、水隊、銀隊と三つの軍隊組織が作られているが、これは現下の情勢に従って、いわば青年学校の教練のようなものである。ここでは教理に準じた学科のほか、普通の会社、工場などでおこなわれているような軍事教練を施している。真道教が愛国精神を世間に誇示するためと思われる。なお、別に自分がいままで集めた真道教の刊行物を置いてゆくから、ご参考になればと思う。江頭の手紙には、そういうふうに書いてあった。

秋島は、江頭が予期以上のところに潜入出来たのを喜んだ。まだまだ真道教には隙があると思った。前の事件のとき特別に入れた密偵のことが分っていても、現在の昂《こう》揚《よう》した姿勢の中では、もはや、それも教団にはあまり神経質に考えられなくなったのであろう。それにしても、秋島は江頭からもう少し有望な報告があるかと思っていたので、その点は少し期待はずれだった。だが、まだ江頭は先方に入りこんで日が浅いから、これは仕方がないであろう。

真道教に火、水、銀の三隊が青年信者たちによって組織され、軍事教練をおこなっていることも別に咎《とが》め立てするには当らない。今は、どの学校でも、また会社、工場につくった青年学校でも同じことをやっている。

そうすると、一体どこを押えたらよいのか。

秋島は、一応自分が眼を通して作った開祖の『お筆留』や、教主古智彦の『神界霊異記』などのメモを読返してみた。それは単に不敬と思われる文字のところを摘記したのだが、メモの断章や片言隻句《せっく》をつないでみても、結局は一事不再理の壁の中に吸取られてしまうのである。彼は方向を失いかけた。

どこかに押えるべきツボはないか。漫然と拡散している粗いアミ目を凝縮して、そこに衝《つ》くべき映像を浮び上らせることは出来ないものか。彼は次第にあせってきた。

結局、秋島は、もう少しこの教典の研究を精密にやってみようと決心した。これよりほかに方法は無さそうであった。警保局長が云った真道教の研究とは、すなわち教典の研究のことになろう。『お筆留』や『神界霊異記』は真道教の真髄そのものだからだ。たとえ、それが前の裁判で免罪となった点と重なり合おうと、とにかく一応は徹底的にやってみることだと決めた。ほかに途《みち》が無いなら、これを一筋に突き進むほかはないのである。

だが、自分ひとりがメモし、書き抜いても、それだけでも実に長い時間をとる。『神界霊異記』だけでも六十九巻、一巻が五百頁ぐらいだから、三万五千頁を読破しなければならない。そのほか、教主の講話類や註釈の講義類などもある。やはりこれは新しい特別班を早く作って、そこで自分が指揮して各自に分担させるほかはないと思った。また、書き抜いたものを回覧するようでは間に合わない。といって、全部が終了してから印刷となると、これも時間が長くかかる。秋島の目算では、その要点の書き抜きだけでも謄写版にして一万枚はゆうに超すように思われた。

彼は、その特別班の籠《こも》る場所を考えた。もちろん、警察部で作業するわけにはいかない。あくまでも秘密は保持しなければならぬ。内部の者でも関係者以外には絶対に知らしてはならなかった。特に新聞社の眼は警戒を要した。警察部長官舎や、警察部がよく使用する料亭なども思いついたが、これも危険であった。また、知人の家もあれこれと泛《うか》んできたが、ことごとく不適格だった。

警察部長の更迭が発表され、その去り行く部長のために送別会が催された。場所は大津から東に行った所で、石山寺《いしやまでら》の近くである。前面に琵琶《びわ》湖《こ》を見渡し、うしろが小さな丘に囲まれた所だった。秋島はここがアジトに恰好《かっこう》な場所だと思った。

彼は先方に話す前に部下に云って、その料亭の近所に真道教の信者と新聞記者が住んで居ないかを調べさせた。駐在巡査からの報告では、新聞記者も信者も居ないということだった。

新任部長が静岡県から移ってきた。秋島は新部長と話し合い、部下の人選に入った。このころになると、彼もようやく京都府警察部特高課の部下が分ってきたので、警部

一、警部補二の候補が出来た。あとは、部長が前の静岡県警察部からと、警保局から警部が転出してくることになった。ちょうど今年の七月には京都に天皇の行幸がある。その特別警備のために今から体制を整えるといえば、新聞社も別に怪しむことはないと思われた。

秋島は、新しい部下の一人をその料亭にやって、離れを今年いっぱい借りたいと申入れさせた。

離れは独立し、十畳と八畳、四畳半であったから、広さとしては適当だった。裏は小さな山と、その斜面にある竹藪《たけやぶ》であった。料亭の母屋が前にあるので、外部からここまで直接に入ってくる者はなさそうだった。

秋島は京都府の歴史編纂《へんさん》を委嘱されている郷土史家ということになった。これだと、閉じこもった部屋の中でおびただしい本や印刷物や書類をひろげても、徹夜でものを書いても料亭の人に不思議には思われない。また、特別班の連中が出入りしたり、いっしょに仕事をしていても、それは助手だとか、連絡の府庁の者だといえば不自然でなくなる。それに、ものを書くのは夜が主だから、これも妙に思われないで済みそうだった。

最初にとりかかったのが、『神界霊異記』の徹底的な分析であった。秋島は以前の裁判記録には一切こだわらないことにした。教理のどの点が前の裁判で犯罪点になっていようが、したがってそれが免罪になっていようが構わずに不敬と思われるところを書き抜いていった。そうすると、秋島の前には一時的にでも一事不再理の壁が消えていった。『神界霊異記』六十九巻のことごとくを熟読し、書抜きすることは一人では不可能であった。彼は手わけをして、読書の分担を決めた。さらに各人が書抜きしたものはその場で謄写することにした。そうしなければ、あとからでは量が多すぎて収拾つかぬことになる。そのためにガリ版器械二台が部屋に持込まれた。常時、部屋に閉じこもる人員は五名となった。彼らは府史編纂の資料係や助手であった。

秋島はまず『神界霊異記』の一巻から十巻を受持って片端から、ここぞと思われる文句を書き取っていった。

「——世替《よかわ》りがだんだんと近《ちか》づいておるから、これまでのようなことにはいかんことを、親方《おやかた》の頭《あたま》に書《か》いてみせておくがよい。神《かみ》の申《もう》すようにしたら間違《まちが》いはない」（畏《かしこ》クモ至尊ヲ冒瀆《ぼうとく》シ、皇統ノ否認ヲ暗示セシカ）

「——日《ひ》の光《ひかり》は太古《たいこ》も今《いま》も変らぬが、東《ひがし》の空《そら》には妖雲《ようん》がかかっておる。また、千歳《ちとせ》を

経《へ》た太柱《ふとはしら》も土台《どだい》が腐《くさ》っておれば折れるようになっておる」（畏クモ皇室ヲ呪咀《じゆそ》セルモノカ）

「――女神《めがみ》も性《しよう》のいいのも、心《こころ》がけの悪《わる》いものもおる。女《おんな》の邪神《じやしん》にかぎって顔《かお》が別嬪《べつぴん》にできておるから、女好《おんなず》きの男神《おとこがみ》どもがワイワイ云うてもちあげる。それで当人《とうにん》は女《おんな》親分《おやぶん》になったような気《き》になってしもうたのじゃ」（畏クモ皇祖天照大神ヲ冒瀆シ、ヒイテハ現皇統ヲ誹謗《ひぼう》シタルカ）

「――伊邪那岐大神《イザナギノオホカミ》より生れました神直毘神《カムナホビノカミ》、大直毘神《オホナホビノカミ》はこの宇宙《うちゆう》をお治めになる神だが、ご気性《きしよう》がやさしくあらせられたので、とうとう邪神《じやしん》のはびこるところとなった。けれど三十五億《おく》七千万年《ねん》の今となっては世替《よかわ》りせんことには日本《にほん》国がほろぶとおぼしめして大直毘神《オホナホビノカミ》の子孫《しそん》の阿守古智彦《あもりこちひこ》を人界《じんかい》におつかわしになった。古智彦《こちひこ》の教えることに従《したが》えばこの世《よ》の立直《たてなお》りは間違《まちがい》なく出来《でき》る」（畏クモ現皇室ヲ廃シ奉り、阿守古智彦ガソノ御座ヲ狙イ奉ラントスル、不忠不逞《ふてい》ノ野望ヲ暗示セルモノカ）

丸括弧《かつこ》の中は、秋島の感想である。彼は、こういう要領で書抜き作業をすすめてくれと部下たちに云った。

秋島は夜のこうした作業をしても、昼間は警察部に出勤しなければならなかった。

特高課長が何日かつづけて姿を見せないとなると、新聞記者に感づかれそうである。その前に、ほかの部下が課長の不在を不審がるかも分らなかった。明けがたまで作業をしていても欠勤は許されなかった。大津からの早い電車で京都の自宅に戻った。ここで二時間くらい寝て、それから何喰《く》わぬ顔で出勤した。

妻には、当分の間調べなければならない書類があるから、こういう変則的な生活がしばらくつづくと云っておいた。仕事にあまり関心のない妻は、別にそれを奇異には思わなかった。彼が毎日のように朝帰りをしても、彼に女が出来ているとも思っていなかった。ときどき、彼の戻る時、小学校に行く途中の子供と出遇《であ》うことがあった。秋島は何となく体裁の悪い笑いを子供に送った。子供も羞《はず》かしがって下をむいて駆け出した。

四月になった。かくれ家に集った真道教の刊行物は五百点くらいになった。それで、書抜いてゆく量もふえ、すでにガリ版で謄写しただけでも八千枚くらいになっていた。

ときどき、警察部長が秋島をこっそり呼んだ。

「どういう見込みだね？」

「今のところ、やはり不敬罪しかありません。あの事件以後に出版された刊行物から、不敬と思われる点をどんどん贈写しているのですが」

「不敬罪か。前の裁判と同じだな」

部長は渋い顔をした。彼も、それが以前の裁判と犯罪点が重なることを知っていた。

「何かほかに強力なものはないかね？」

「今は予想がつきません。ただ夢中に書抜きをやっているだけです。やってるうちに何か見つかるような気がします」

「なんとか頼む。強力な輪がないとな。東京のほうも大ぶん急いでいる」

警察部長は報告だけを聞く役だった。自分から、そういうように回っている。一切をまかして、あまり口出ししない態度だった。部長は籠城組《ろうじよう》のためにときどき、何か食ってくれとポケットマネーを出した。警察部長の云う強力な輪というのは、秋島には粗い網目の凝縮であった。

六月になった。書抜きだけは進行した。ガリ版も一万二千枚くらいになっていた。

東京から警保局の保安課長が、突然、こっそりかくれ家にやってきた。警部が二人ついている。近く迫った行幸の警備体制を視察にきたという名目だったが、ほんとうは秋島の作業の進捗《しんちょく》ぶりをのぞきに来たのである。彼らはもう夏服になっていた。そういえば、秋島も部下たちもまだ四月から着た洋服のままでいる。彼らの夏服姿が珍しかった。

「大変だな」と、保安課長は部屋に積み上げられた刊行物とガリ版とを見て云った。

「まだ夢中に書いているだけだがね。前の裁判の対象になったことなどは一切気にかけないでやっています」

「何か新しい点は見つからないかね？」

「結局はお筆留を敷衍《ふえん》したものだから、最後にはみんなそこに線が集ってゆくでしような」

「不敬罪か。何かほかの強いものが欲しいな。不敬罪にしても前とは違って、よほど変った視点にしないとな」

保安課長も警察部長と同じようなことを云った。もちろん、保安課長のほうがもっと真剣だった。彼は東京の右翼団体の動静がますます油断がならぬことを云った。重臣も政府もこの情勢に不安をつのらせている。翌《あく》る日は日曜だった。東京からきた保安課長と部下二人は琵琶湖の岸から舟を出して、少し沖で釣りをしていた。宿の浴衣《ゆかた》姿である。

秋島は煙草をくわえ、岸に出て見ていた。のんきに舟遊びをする東京の連中が羨《うらやま》しいとも憎いとも思わなかった。秋島の頭は真道教の刊行物の文句で充満している。自分の書いたものもあれば、部下の書抜いたものから読んだものもある。だが、どれもこれも大同小異で、不敬罪にするには前の裁判記録から一歩も出ていなかった。小さな「点」の集りだけだった。それはまだ拡散されたままで、映像とはなっていない。

だが、あらゆる角度から見て、これは不敬罪でやるよりほか途《みち》が無さそうであった。すると、一時消えていた一事不再理の壁が、また彼の眼の前に現われてきた。いま研究している五百部以上の刊行物も、やがて二万枚に迫ろうとする書抜きの謄写も、すべてがこの壁の中に消えて行きそうだった。そうすると、ことごとくが虚《むな》しい作業に見えてきた。毎晩の労働も意味の無いものに映ってくる。

湖面には太陽の光線が一筋に落ちていた。しずかな波間に光線の両端は点となって散っている。その中心は空の太陽と同じように眼が眩《くら》むほど強かった。

秋島は口から煙草を棄てた。そうだ、やはりこれはこれでゆこう。不敬罪で衝《つ》くよりほか仕方がない。いままであまりに一事不再理にひっかかって、それだけが厚い壁に見えた。なんとかそこを避《よ》けようとして一心になったが、しかし、考えてみると、前の判決は真道教の公刊物に現われた字句の表面だけを撫《な》でている。だから弱いのだ。現在も自分はその轍《てつ》をふもうとしている。あまり公刊物の文章や活字にこだわりすぎた。だから捉えどころが無かったのだ。それは教団のほうで考慮して作っているからだ。それに引きずられていたから摑《つか》みどころが無かった。捉えどころが無かったら、こちらでそれを作ることである。

秋島の眼に粗い網の一点一点が急速に間隔を詰め、収縮してきた。新しい結像が初めて泛《うか》んできた。

それからの秋島の方針は変った。丹念に教団の刊行物の字句を熟読し、それを書抜いてゆくことには変りはなかった。だが、眼が違っていた。字句の曖昧《あいまい》なところは、自分の考えで具体的に補足し、強い調子に復元しただけでなく、独自な解釈を下した。いままではこのぼんやりとした字句に引きずり回されていたが、今度はこちらで引きずり回す番であった。そう考えてゆくと、面白いように字句の一つ一つが躍り出てきた。

教義はわざと曖昧にしてあるから神秘的に見える。そして、それはどのようにでも解釈出来る多義性を持っている。それなら、こちらの読み方があっても一向に差支えはあるまい。秋島は胸がとどろいてきた。

幸いに『神界霊異記』や、『古智彦講話集』や、『教理説話』などは、裁判以後の著作である。これに新しい解釈を施せば、一事不再理の壁は破れる。殊に『古智彦講話集』は、阿守古智彦が信者の講習会などでかなり自由にしゃべったものであるから、そこにひっかけようと思えばひっかけられる点がある。たとえば、『教理説話』の中に、

「九分九厘で掌を返し、神の王がこの世界をまるめて人民を安心させる愛の神の世の中となる。天地に光り満ちる時節が近うなった」

というのがある。これなども普通は信仰上の比喩《ひゆ》と受取れるが、この神とは、オホナホビノカミの子孫である阿守古智彦がカミナホビノカミの神霊を受けてこの世に君臨するということを示唆し、かつ、世界をまるめて人民を安心させる世にするというのは、畏《かしこ》くも天皇に替って自分がわが国の君主たらんとする野望とも解釈出来る。この字句を、

「神は日本国に一輪の花を咲かせておる。この一輪の花がやがて三千世界にひろがっ

て行くしくみになっておる」（『神界霊異記』）
という文句に対応させたらいいと思った。「一輪」は「一厘」に通じる。先の文句「九分九厘で掌を返す」というのは、残り「一厘」がすなわちこの日本国に咲かせた「一輪」ということになる。花とはもちろん阿守古智彦でもいいし、真道教でもいい。要するに、九分九厘とは日本の長い歴史のことを指し、それが残り一厘で一輪の花の世界になるというのは、すなわち、阿守古智彦の不敬不逞《ふてい》の野望を表わしている。——こう解釈出来るではないか。もとより、秋島には、こじつけも歪曲《わいきょく》も承知のことであった。

この調子でゆけば何もかもうまくゆく。次からの秋島の作業は、もっぱら教典の字句と自分の創作との接合作業であった。

秋島は、教団に潜入させている江頭に密令を出した。現在出版されている教典だけでは頗《すこぶ》る弱い。まだまだ教団には秘密印刷物があるはずだ。それを取ってくることを命令した。その中で彼は、「多少は出所に疑問のあるものでも構わない。眼につくものは何でも持参せよ」と云った。この指示は含みに富んでいた。おそらく、「出所に疑問」というその暗示を江頭は解読するに違いなかった。

夏が終り、九月の半ばになって、江頭が久しぶりに夜秋島のかくれ家を訪ねてきた。彼は教団の信用を得て、いまでは幹部にも嘱望されているということだった。

「課長、こういうものが手に入りました」

江頭が見せたのは藁《わら》半紙の謄写版刷だった。それは縦横に筋を引いて、その桝《ます》の一つ一つに平がなが嵌《は》めこまれてあった。

「なんだね、これは？」

「まあ、読んでみて下さい」

江頭は笑いながら云った。

「人の仕合は今日一日の栄えを望みて、生甲斐《いきがい》を知るにあり、生甲斐はわが心を知るにあり、心は吾には分らず、神々のみぞ知るなれば、神を拝み信心する者は幸《さち》みちて愉《たの》し……」

秋島は声を出して読み、もう一度、何だね、と訊《き》いた。上手とはいえない文句だが、とにかく真道教の宣伝文としか思えなかった。

「それに附いている『啓』という註《ちゅう》にカギがあります。啓は、開く、ですからね」

「分らんな」

8	7	6	5	4	3	2	1	
る	ば	ず	り	ひ	き	に	ひ	一
も	か	か	こ	は	が	ち	と	二
の	み	み	こ	わ	ひ	の	の	三
は	を	が	ろ	が	を	さ	し	四
さ	を	み	は	こ	し	か	あ	五
ち	が	の	わ	こ	る	え	は	六
み	み	み	れ	ろ	に	を	せ	七
ち	し	ぞ	に	を	あ	の	は	八
て	ん	し	は	し	り	ぞ	け	九
た	じ	る	わ	る	い	み	ふ	一〇
の	ん	な	か	に	き	て	い	一一
し	す	れ	ら	あ	が	い	ち	一二

啓

神国八州十二島。合はせて九十六の地に人の幸福の文字宿る。わけて九重が大事なり。

「九重が大事なり、とあるでしょう。つまり、横十二段のうち、九段のところを左から読めという意味です」

秋島はその通りに眼を走らせた。そして、あっと思った。「天子は退《しりぞ》け」と読めた。秋島は、じっと江頭の顔を見た。それに江頭はニヤリとして応《こた》えた。よく見れば、この謄写版の文字も江頭の字体に似ていた。

「いざというとき、このガリ版をつくり、そして秘密裡《り》に配布していた人間が見つかるだろうかね？」

秋島は訊いた。

「協力者はいます」

江頭はうなずいた。教団に潜入してからの彼の顔は一段と逞《たくま》しくなっていた。

「この調子でやってくれ」

秋島の眼に、ふいと点がふくれ上り、密度を加えてくるのが見えた。映像が次第に形を現わしてきた。

しかし、まだその映像は薄かった。いや、半分ははっきりしているが、残りの半分は殆《ほとん》ど何も出ていないくらいにぼんやりとしていた。結像は不完全であったから弱かった。迫力がなかった。何かが足りない。

十月に入った。秋島は大津からの朝の電車に乗って京都に戻っていた。すでに教団の刊行物からの書抜きと、その解釈の付箋《ふせん》を附けたものは二万枚になっていた。しかし、秋島は不満であった。絶えず何かが欠けている状態であった。

電車は、山科《やましな》をすぎて蹴上《けあげ》の降り坂に向っていた。片側には間口のせまい、格子戸の家がならんでいる。壁の紅殻《べんがら》の色が褪《あ》せていた。学校があった。電車は位置が高いから、塀越しに校庭がまる見えであった。カーキ色の制服をきた青年たちが何組にもわかれて教練をしていた。一組は木銃を持って寝射ちの姿勢をしていた。教官は在郷軍人らしい。ずいぶん朝の早い教練だな、と秋島は思った。どこかの工場の青年学校のようであった。その風景はすぐに彼の眼から走り過ぎ、また、おだやかな格子戸の家のつづきとなった。

電車が平安神宮の森を見せたとき、秋島の頭に不意に白く光る筋が貫いた。彼は森の移動を凝視した。時局がら、真道教も青年信者に教練をさせているではないか。全国十万の青年を、火、水、銀の各組に分けて軍事教練を行わせている。当然に、教練用の銃器なども持っている。

どうして、これに今まで気がつかなかったのか。秋島は電車が終着駅にとまらないうちに座席から立ち上った。

残り半分の面に拡散されたままになっていた粗い点が急速に集合した。点は密度をもって映像をうかび上らせ、前の半分と結合した。完全な結像であった。

いままでも、消えては現われていた一事不再理の出没も全く姿が無くなった。秋島は、つかみどころのない相手をようやく捉えたと思った。

真道教が東京の右翼団体と呼応して、武力蜂起《ほうき》をする計画を持っていたとすればいいのである。右翼からすれば昭和維新、教団からすれば世の立替すなわち神政維新である。全国十万の青年信徒が教主阿守古智彦の号令一下で武装蹶起《けっき》する。革命である。国体の変革である。

これを治安維持法違反とすることができる。これなら完全であった。「国体ヲ変革スルコトヲ目的トシテ結社ヲ組織シタル者又ハ結社ノ役員其他指導者タル任務ニ従事シタル者ハ死刑又ハ五年以上ノ懲役若《もしく》ハ禁錮《きんこ》ニ処シ……」の条文の活字一つ一つが狙《そ》撃兵《げきへい》のように起き上ってきた。

あとはこれを固めるための構築作業であった。情報をとると、最近教主阿守古智彦は九州別院に行き、幹部会議に出席したという。これも武力蜂起準備のための「共同謀議」とすることができるかもしれない。教主は、九州別院所属の、火、水、銀隊の教練を参観している。「閲兵」とすることができよう。もとより、これだけでは不足であった。そこには具体的な準備の「事実」がなければならない。事実をいかにこちらで構築するかである。

ある朝、秋島は出勤の途中、道路で測量が行われているのを見た。一人が測量器を中腰でのぞき、赤白のだんだらの棒を持った男が動いていた。巻尺を伸ばしている男もいた。道路の改修でも行われるらしかった。秋島の頭にもう一度網目の点が凝縮してきた。教団の本部の町に通じる各道路を教団が測量していたとしよう。——

（教団本部には非常時動員計画案が作成されあり、全国各地の信者が東京及本部に参集し得る時間、道程を明細に作表されありて、そのための道路計画もなされたり。また、しばしば各地において、非常動員、決死動員の実施演習を試み、決死隊を編成しあり。その中核は火、水、銀の各隊に所属せる青年層信者なり……）

秋島にはそういう文句まで泛《うか》んできた。結像は鮮明であった。治安維持法違反と不敬罪との結合である。

秋島は警察部長に報告した。報告しながら、彼の頭にはまたもやあの思考の分裂が落ちてきた。前にはその分断の隙間を海の色が浸してきた。今度は湖の色であった。それも全体としてではなく、岸辺のはかない水のゆらぎであった。

警察部長は喜色を浮べて彼の報告を聞いていた。喜色の中には部長自身の出世主義の満悦があった。

おれも、これで出世するだろうと秋島は思った。真道教の大検挙が終ってからである。そのときは真道教と他人となってしまう。次の新しい事件がおれに近づいてくる。こうしていくつかの事件におれは関係する。だが、最後におれ自身の中に何が留《とど》まるだろうか。退官後のことであった。秋島には「国家のため」という警察官の使命感が虚《むな》しくみえてきた。使命感は出世主義の中に濁っている。――

十一月になって、大阪地検の検事正が京都地検検事正となって転任してきた。いわゆる思想検事である。本来なら、東京の検事正になる予定の人であった。その下の検事の異動が行われた。

翌年の二月下旬、秋島が真道教の検挙を指揮しているその朝、東京では軍隊の蜂起があった。重臣、政府要路者が襲撃されて殺された。

陸行水行

一

九州の別府《べっぷ》から小倉《こくら》方面に向かって約四十分ばかり汽車で行くと、宇佐《うさ》という駅に着く。宇佐神宮のあるので有名な町だ。

この宇佐駅からさらに北へ向かって三つ目に豊前《ぶぜん》善光寺という駅がある。そこから南のほう、つまり山岳地帯に支線が岐《わか》れていて四日市という町まで行っている。この辺は山に囲まれた所で、さらに南に行けば、九州アルプスの名前で通っている九重《くじゅう》高原に至る。四日市の駅で降りると、バスは山路《やまみち》の峠を走るが、その峠を越すと山峡が俄《にわ》かに展《ひら》けて一望の盆地となる。早春の頃だと、朝晩、盆地には靄《もや》が立籠《たちこ》め、墨絵のような美しい景色となる。

ここの地名は安心院と書いてアジムと読ませる。正確には大分県宇佐郡安心院町である。

正月をすぎたばかりの午後だった。一人の中年男がバスを安心院の町で降り、盆地の縁をなしている西の山麓《さんろく》に向かって歩いていた。風采《ふうさい》は上がらない。それほど健脚でないとみえて、ときどき田舎路で休んだ。ただの旅行者なら、こんな場所に来ることはない。といって農家相手の農機具や肥料の外交員でもなかった。片手に鞄《かばん》を提げているが、大ぶんくたびれている。浅黒い顔に眼鏡をかけているが、眼差《まなざし》はどこか思索的に見えた。——これは私である。

私は東京の某大学の歴史科の万年講師で、川田修一という。目立ない雑誌にたまに雑文を書いている程度だから、それほど名前を知ってくれている人はない。学閥にも乗れず、社交も下手だから、講師の位置に置かれたままである。研究心は自分では旺盛《おうせい》だと思っているが、学界に認められるような論文を発表したこともないから、学者といっても片隅的な存在である。風采がよくないのもやむを得ない。気の利《き》いた教授だと、こんなのろまな鉄道やバスの利用などせず、別府あたりのホテルに泊まってここまで車を飛ばして来るであろう。実際、別府からは裏街道ながら、かなりいい路がついている。

私がこの土地に来たのは、実ははじめてではなかった。まだ助手だった頃（それは戦前だが）一度足を運んだことがあった。

もし、私がもう少し名の売れた講師だったら、学生を二、三人ぐらいは引きつれて調査の助手ぐらいに使ったかもしれない。しかしウダツの上がらない講師では、頼んでも従《つ》いてくる学生もいなかった。私はそんなことには馴《な》れている。地方の寺や神社、旧家を訪ねて古文書を見せてもらうときも、私はいつも一人である。私の専門は古代史だ。ここで私の考えなど述べる必要はないが、古代史の上でまだ謎《なぞ》となっているのは宇佐神宮である。

伊勢《いせ》神宮と皇室の関係は、大体、研究し尽くされている。しかし西日本に曾《か》つて大きな勢力圏を持っていたであろう宇佐勢力圏は、もう少し研究されなければならない。例の和気清麻呂《わけのきよまろ》が孝謙天皇の勅を奉じて宇佐神宮に使いしたことは有名だが、そのことから、宇佐神宮が有力な占術的存在であったことが分かる。天皇が道鏡への譲位の適不適について、なぜ、まっすぐに伊勢神宮に行って神意を訊《き》かなかったのか。皇室と縁の深い伊勢神宮に行かないで、はるか西国の宇佐神宮に赴かしめた理由は不可解である。

しかも、その後、聖武《しょうむ》天皇が大仏造営について宇佐神宮の神体を奈良に移したり

（手向山八幡宮《たむけやまはちまんぐう》）、頼朝《よりとも》が鎌倉《かまくら》に同じく宇佐神宮を勧請《かんじょう》したり（鶴岡《つるがおか》八幡宮）、または朝廷が京都に同じ宇佐神宮の神体を移したり（男山八幡宮）するのは、ただ仏教加護（大仏造営の場合）や、武術の神（鶴岡八幡宮の場合）などで解釈できるものではない。

大ざっぱに言って、大和《やまと》朝廷が成立したのは四世紀半ばから五世紀にかけてであろうということが定説になっている。この四世紀半ばには、『魏志倭人伝《ぎしわじんでん》』に見られるように、北九州には邪馬台《やまたい》国を中心とした一大勢力圏があった。これと宇佐神宮の原祖とが直接に結びつくかどうかは分からないが、地域的には邪馬台国は現在の福岡県山門《やまと》郡あたりだろうと言われている。もっとも、これは九州説を唱える学者の推定である。邪馬台国を現在の大和に設定する論者はもちろんこれを否定している。

もし、九州説を採って邪馬台国を現在の九州地方に設定すれば、宇佐はかなり離れた地域だから、そこが邪馬台勢力圏の中にあったとは考えられない。宇佐神宮の神体は、現在、第一殿が応神天皇、第二殿が玉依《たまより》姫、第三殿が神功《じんぐう》皇后となっている。これを称して三所という（延喜式）が、おそらく、これは奈良時代に附会した説で、原形は遥《はる》かに違ったものであると思われる。

これからの話に関係があるので、読者には少々煩《わずらわ》しいかもしれないが、次のことだけは付記したい。

『古事記』の神武天皇記には、日向《ひゅうが》を発した神武が速吸瀬戸《はやすいのせと》（今の豊予《ほうよ》海峡）を通過して、宇沙都比古《うさつひこ》、宇沙都比売《ひめ》に迎えられて足一騰宮《あしひとつあがりのみや》に入り、饗応《きょうおう》を受けたとある。

この足一騰宮については、本居宣長《もとおりのりなが》が「川の傍の断崖《だんがい》に建てられた建物で、船から一足であがれるという意であろう」（古事記伝）という大そう苦しい解釈を下している。

もう一つ付け加えなければならないのは、平安朝時代のことになるが、この宇佐付近に摩崖仏《まがいぶつ》が発達していることである。国東《くにさき》半島や、豊後《ぶんご》の臼杵《うすき》、大分市内などがそれだ。これについては浜田耕作博士の著作（「豊後摩崖仏の研究」）があるが、それにしても辺陬《へんすう》の土地に発達した仏教美術と宇佐古代文化圏を結びつけて論じられてはいない。

要するに、宇佐という一つの古代国家が曾ってこの地域に存在していたであろうことは推定できる。そして、それが日本の古代社会の政治体制の中に何らかのかたちで大きな影響を与えたことは読み取れるのである。

だが、前述のように、このへんはあまり研究されていない。いわば、「宇佐の研究」は日本古代史の中で一つのアナだと私は考えている。

そんなわけで、風采の上がらない一人の中年男がとぼとぼと安心院盆地を歩いている次第である。

この盆地を東南に当たる山裾《やますそ》に辿《たど》り着いた所が妻懸《つまがけ》部落である。

このあたりは農家が点在しているが、その中に妻垣神社というのがある。現在の地名になっている妻懸は妻垣の転訛《てんか》だということが分かる。この神社は大へんに古い。今は小高い所に小さな社《やしろ》と、玉垣をめぐらした境内とがあるが、森を隔てた所には神宮皇学館が遺《のこ》っている。神宮皇学館といえば、伊勢神宮と、ここしかなかった（昭和二十一年廃止）。私は国文学者山田孝雄《よしお》先生を崇拝するものだが、その山田先生が伊勢神宮皇学館長であったことを思い合わせると、なんだか、このみすぼらしい校舎が崇高にさえ思えてきた。いうまでもなく、この学校は神官の養成所である。

宇佐宮縁起によると、ここの神体は比売《ひめ》大神で、その修行地だとある。比売大神とは、前に記した女神神体の一つ玉依姫を指している。「妻垣」の名前は古風だ。例の古歌「妻ごめに八重垣つくる……」などが想起されよう。そんなことを思いながら、百姓家の前から山林の間を分け入って、胸を突くような急な坂を登った。石ころがごろごろしていて大そう登りにくい。樹が蔽《おお》い茂って日光も射《さ》さないから、しばらくはトンネルのように薄暗かった。

坂を登りながら考えた。私のようにパッとしない歴史学者は、はるばると東京からこんな所まで来て調べるくらいがせいぜいの仕事である。その結果、一体、どのような業績が上がるだろうか。何をやっても私は学界で認められることはなかった。有力な学閥に属していない悲しさで始終学界からは無視されている。もし、少し変わったことでも発表すれば、忽《たちま》ち白眼視され、異端視される。

してみると、現在の私はまことに虚《むな》しい作業をしているわけである。しかし、それでも構わないと自分に言い聞かせる。いつの日か、私の鍬《くわ》を下ろした貧しい土壌に誰かが注目してくれるであろう。それを待つよりほかにないのだが、それは私の一生と似ていた。誰からも注目されず、尊敬もされず、一介の講師として生涯を終るわけだった。ほかの教授たちのように器用でないから、雑誌に書き散らして金になるようなアルバイトもない。有力教授の引きがないから、何々歴史講座といったポピュラーな講座ものに参加させてもらうこともない。

誰かがあとで「宇佐神宮の研究」といった私の論文を発見してくれたら、それだけでも満足だが、世の中には貴重な研究をしながら、その業績が埃《ほこり》の中に埋もれて永遠に陽の目を見ないことだって多い。どうやら、私もその組の中に入りそうであった。

私の家庭は索漠としている。子供は二人いるが、別段、期待をかける出来でもなかった。女房はまるきり私の仕事には理解を持たない。貧乏学者の妻として始終不平を鳴らしていた。私は交際下手だから友だちもいない。つまり、誰も私を引き上げてくれず、私をうしろから押してくれる者もいなかった。せめて、この研究に自分の生甲斐《いきがい》を見つけるよりほかにないのだ。いや、かえって私の味気ない一生を紛らすために、こんな地道な仕事にとりかかっているともいえる。

ようやく坂を途中まで登ったところで、やや広い棚地に出た。そこには、粗末な木で囲った垣の中に古い石が一個ぽつんと置かれてあった。石は苔《こけ》に蔽われて暗鬱《あんうつ》な色を呈していた。

実は、これがこの神社の神体なのだ。こういうところにもこの神社の古さが分かる。

いうまでもなく、古代信仰は自然物が対象で、山岳や、巨石などだった。今でも大和の三輪《みわ》神社の神体は三輪山である。この神社は拝殿だけがあって、本殿がない。私は、自分の古臭いぼろカメラを石に向けてさまざまな角度で撮影した末、そのあたりに腰をかけて一服吸った。

木の間から見える安心院盆地は、ひろびろとした曠野《こうや》にも似ていた。ここは古代人が生活地として求めそうな地形であった。古事記の神武伝説は真実でないにしても、例の足一騰宮が川の断崖に建てられた仮屋だったとはとうてい考えられない。やはり川の上流を遡《さかのぼ》った古代人は、この盆地に定着しなければ納得できない。

宇佐神宮の神官は代々宇佐氏を名乗っていたが、それがのちに大神《おおみわ》氏となっている。いま、大神という姓が全国に散らばっているが、その根源はここから出ているとみてよい。

たとえば、北九州には宗像《むなかた》神社がある。これは朝鮮民族で、いわゆる「海神系」である。この宗像氏の原形は胸形（仲哀記）で、それが宗像、宗方になり、棟方となる。したがって、東北地方に多い棟方《むなかた》姓（たとえば棟方志功画伯は青森県生まれ）は、北九州の対馬《つしま》暖流が流れて姓氏の分布になったことが分かる。

この宗像勢力圏と邪馬台国勢力圏と、この宇佐勢力圏の三者の関係は興味深いものがある。北九州の銅剣銅鉾《どうぼこ》使用民族が、この宇佐勢力圏とどのような関連を持っていたかは、これも今後の調査で明きらかにしたいのだ。現在の銅剣の出土状態では宇佐地方に、六、七例が報告されている。

そんなことをとりとめもなく考えているとき、下のほうからごそごそと人の足音が聞こえた。

坂を上ってきたのは、三十五、六ぐらいの、背の高い男だったが、先方も意外な所に人間を見つけたというような顔をした。彼は私に軽く会釈《えしやく》をしたが、何か胡散《うさん》げに横眼で見るのだった。

男は埃っぽいオーバーを着ていた。その裾からのぞいているズボンもあまり上等とはいえない。赤い靴も踵《かかと》が大ぶん擦り減っていた。

私は煙草《たばこ》を吸いながら、なるべく彼の動作を邪魔しないようにした。というのは、その男がポケットから手帳を出して、石のかたちを鉛筆でスケッチをはじめたからである。よほど熱心な人に違いないと思ったが、土地の人間とも思えなかった。なぜなら、この辺だとここは知れすぎた所だから、わざわざスケッチに来るまでもないからである。もしかすると、九州のどこかの高校教師か郷土史家かもしれないと私はひそかに踏んだ。

男はスケッチが終わったとみえ、腰かけている私のほうへ改めて身体《からだ》を向け、丁寧なお辞儀をした。

「失礼ですが、よほど遠方からいらしたんでしょうか?」

彼も私の風体を見て何かを想像したようだった。

「東京からです」

「東京?」

男は、一瞬、おどろいたように私を見たが、それには素朴な感情が出ていた。実際、彼の扁平《へんぺい》な顔は、どう考えても都会的とはいえなかった。

「では、この辺にお知合いの方でも?」

このような山中で偶然出遇《であ》ったという気安さから、彼はそう馴《な》れ馴《な》れしく問いかけてきた。ほかの場合と異なって、こういう環境なら、誰でもそんな心理になるだろう。私には彼の質問がそれほど不作法とは思えなかった。いや、私もその男の素姓を知りたくなってきていた。

「そうじゃありません。実は、この辺を少し調べに来ている者ですが」

そう答えると、

「へえ、わざわざ東京からお調べに。そりゃ……」

と、また男は感嘆した。

「そうすると、どこかの学校の先生でもしていらっしゃるんでしょうか?」

「こういう者です」

と、私は名刺を出した。考えてみると、これも唐突な行為だが、山中の史蹟《しせき》に二人だけで居るという人間関係が必要以上の親しみをおぼえさせたのは自然の成行きであろう。

「ははあ」

彼は私の名刺の肩書を見て俄《にわ》かに敬意を表したように軽く頭を下げた。私のような者でも東京の大学の講師だといえば、結構、地方には「偉い学者」に映るとみえる。

「申し遅れましたが、わたくしはこういう者でございます」

彼はあわてて、その古臭いオーバーの懐《ふとこ》ろに手を入れ、上衣《うわぎ》のポケットから一枚の名刺を出した。

《愛媛県温泉郡吉野《よしの》村役場書記　浜中浩三》

私は案外な気がした。てっきり、この九州のどこかの高校教師か郷土史家だと思っていたのに、四国の村役場の吏員だったのだ。

「四国からとは、また不便な所からいらっしゃいましたね」

「はあ、松山の近くです」

四国の松山だと、船で岡山県か広島県に渡り、山陽線で九州入りをするほかはない。そんな面倒な旅行が一瞬、私の頭に描かれたのだが、

「いや、大したことはありません」

と、役場の吏員はほほえんだ。

「松山から八幡浜《やはたはま》に行き、八幡浜から船で別府までくれば、わけはありませんよ」

そんなコースもあったのかと、はじめて気がついた。つまり、この男は、往古の速吸瀬戸である豊予海峡を小さな汽船で横断して来たわけであった。

「やはりあなたも、この辺の史蹟調査にでもいらしたんですか？」

私は訊《き》いた。さっき、この石をスケッチした様子からみれば、当然の想像だった。

「いや、私のような素人《しろうと》は、とても史蹟調査などといったような大それたことはできません。先生方と違いまして、なにしろ、素人の趣味でやっているので、歴史の基礎知識はございませんから」

男は鼻に皺《しわ》を寄せて笑った。卑屈とみえるような謙遜《けんそん》した態度だった。えてして素人の郷土史家は、中央の学者には必要以上の劣等感をみせる。

「いや、ぼくだっていい加減なものですよ」

と、私は言った。実際いい加減な学者は私を含めてずいぶんと多いわけである。

「どういたしまして。……こんなことをお訊きしていいかどうか分かりませんが、先生もやはり『魏志倭人伝』の調査をされているのでしょうか?」

「『魏志倭人伝』ですって?」

今度は、私が対手《あいて》の顔を見る番だった。

しかし、すぐに、なるほど、そうかと考えた。魏志倭人伝に出てくる邪馬台国の所在をめぐって、学界で九州説と大和説とに岐《わか》れているのは周知の通りである。

それぞれが倭人伝に載っている地名を現在のいずれかの地点に当てはめて論争をおこなっているが、未《いま》だに両説とも決定的なものがなく、歴史上の謎《なぞ》となっていることも知られている通りだ。

この大分地方も倭人伝に出てくる地名の中の一つに推定されている。この男は、どうやら、郷土史家といっても自分の住んでいる狭い土地をほじくっているのではなく、正面から大きなテーマに挑んでいるようであった。

一見、農夫ともみえる男の平凡な顔や、それに似つかわしい村役場の吏員といった職業から想像できない壮大さが、私の印象にあらためて来た。

二

冬枯れの山林の中で出遇った男から、『魏志倭人伝』の研究をしているのかと訊かれて、私は逆にその男がそのものズバリの研究をやっていることを察した。

世の中には郷土史家も多いが、この四国の松山近くに住む村役場吏員浜中浩三という中年男は、中央の学界でも論争の的になっている大問題と取組んでいるらしいのである。

「いや、ぼくはそんな大それたことは考えていません」と、彼の質問に私は答えた。

「ただこの宇佐神宮は、奈良朝末期までかなり神秘的なベールをかぶっていたことに注目して、そのことを少々調べてみたいと思って来たのです」

「なるほど、なるほど」

と、村役場吏員はうなずいた。

「それはいいところに眼をお着けになりました。全く同感です」

彼はひどくうれしそうな顔をした。

「わたしは自分がやっている研究上、誰かがこの宇佐地方の研究を発表なさらないか待っていたのですが、どの学者もあまり発言をなさいません。全く先生がそれに手を着けられたのは大へんな炯眼《けいがん》です」

私は郷土史家浜中浩三から急に先生扱いされて変な具合だった。しかし、学校の講師をしているから、一般的にいって「先生」なる代名詞を使われても仕方がないと諦《あきら》めた。おそらく、この郷土史家も土地では「先生」と呼ばれているのかもしれないのだ。

「さすがに郷土史をやっていらっしゃるだけに詳しいですね」

と、私は言った。事実、宇佐地方の研究が未開拓の世界であることも、古代史でも宇佐は奈良朝末期まで神秘視されていたことも、一般人はあまり知らない。

「あなたは、その『魏志倭人伝』の研究をなさっているんですか？」

と、私は訊いた。すると、彼は、その顔に照れ臭そうな、しかしどこか誇らしげな色を浮かべた。

「大へんおこがましい話ですが、わたしなりの調べ方をしたいと思っています」

彼はいくらか低い声で答えた。私が万年講師で東京の大学に居るということだけで、浜中浩三は面映《おもは》ゆい思いをしているのである。しかし、世の中には中央の学者よりも、地方史家によって有益な学説の端緒が発見された例もある。

「それは大へん結構です。殊《こと》にこの宇佐地方をお調べになってるのは面白いと思います。お差支えなかったら、あらましでもあなたのご意見を伺えませんか」

私は切り出した。

彼がここに来ている以上、彼の胸の中には何んらかの仮説が立てられているに違いなかった。あるいは他の地域の研究がなされて、その結果、この土地の研究に到達したのかもしれない。アマチュアの意見を聞くのも面白いという気持の一方、もしかすると、彼の意見も私の宇佐神宮の研究の何んらかのヒントになるかもしれないという期待も交じっていた。

「先生に聞いていただくのは大へん光栄です。ですがどうも素人史家で貧弱なことを申しあげるのは恥ずかしいのです」

彼はそう謙遜したが、その顔には進んでそれを話したげなものがあった。

つまり、東京の先生に自説を聞いてもらいたいという、あの地方人の積極さであった。中央の学者は、それを学界に発表するまで極めて自説の漏洩《ろうえい》することを警戒するものである。一つはまだ、その論文が整理されないでいることや、傍証が固められないためでもあるが、一つは学界発表以前に洩《も》れて叩《たた》かれることを惧《おそ》れるからである。さらには、もっともこれが大きな原因かもしれないが、同じテーマを他人に剽窃《ひょうせつ》されたり、換骨奪胎されて先を越される危惧《きぐ》があるからだ。

「では、ひとつ聞いていただきましょうか」

と、浜中浩三はいったが、頭を搔《か》いて、

「と開き直るほどでもございませんが、まあ、こういう場所でお目にかかったのをご縁に退屈話としてお聞き下さい」

と、彼は腰かけたままポケットから汚ない手帳を出した……。

——これから郷土史家浜中浩三の話を私が聞くわけだが、しかし、それを直接に読者に取次いでは何んのことかさっぱり面白くない方もおられるかと思う。殊に邪馬台国論争など興味のない読者を、以下やや長々と現在までの学術論争のあらましの紹介で悩ますのは恐縮である。しかし、これがないと浜中浩三氏の話の筋が通らない。話は現在学者間で問題になっているこの論争の点を、なるべく短く掻いつまんで紹介してみたい。

江戸時代の中期のことであった。九州博多湾の近くに志賀島《しかのしま》という突き出た半島がある。或《あ》る日、近くの漁民が浜辺を歩いていると、何か奇妙なものが砂の下から光っているのに気づいた。土民がそれを掘ってみると、金色燦然《さんぜん》たる四角い印形が出た。それは陰刻で、何やらむずかしい漢字が彫られてある。漁民は、その漢字の威厳に打たれたのか、それとも正直者だったのか、拾った金の印形を鋳潰《いつぶ》して金儲《かねもう》けを企《たくら》むことはなく、それを領主のもとに差出した。筑前の国守は黒田甲斐守である。この漁師の拾った古いシナの判コが、有名な金印で、表に彫られたのは「漢委奴国王」という文字だった。

これが邪馬台国論争の一つの物的証拠になったのである。この金印に彫られた「漢委奴国王」という文字は、漢の委の奴《な》の国王と読み、曾《か》つて中国の漢王が日本（委）

の中にある奴国（今の博多地方といわれている）の国王（この場合は地方連合体の首長というほどの意味）に与えた認証といった意味を持っている。当時は日本から漢に朝貢《ちょうこう》していたので、漢の王様は日本を属国に思っていたのである。

ところで、中国に『魏志』という史書があるが、その中に日本に使いした使者の報告らしいものをもとにした洛陽《らくよう》からはるばると邪馬台国までの旅程が記されている。

この邪馬台国は「やまと」と読んで、それを現在の大和地方、九州の山門郡地方と両様に解釈して論争が行なわれている。しかし、これは新しいことではなく、すでに江戸時代から『魏志倭人伝』の記事は眼をつけられ、当時の学者も言い出したことで、そのほとんどは大和説が有力だった。

論争の問題となる点は南朝鮮から日本に上陸して邪馬台国に至る旅程の日数とそれから推定される土地及び地名である。その背景には、大和朝廷の成立と同じ時期に北九州に存在していたらしい女王国の併立がある。つまり、大和説を採る者は、当時、大和朝を採り、九州説は同じ時期に勢力を振っていた女王国を当てるのである。

さて、これから両論争の要点を並べることになるが、その論争そのものが、まず一種の推理小説といってもいい。

外国には歴史の秘密を文書によって解明してゆく形式のベッド・ディテクティヴというのがある（たとえばジョセフィン・ティの『時の娘』など）。もし、以下論争の概略を読まれた読者がそれだけでも推理小説的な興味を起こされたら幸いである。この原典では、『魏志倭人伝』に載っている距離というのはどうであろうか。今の京城《けいじょう》から朝鮮の西海岸沿いに船で南下して、今の木浦《もっぽ》付近から対馬《つしま》、壱岐《いき》を通り長崎県松浦《まつら》郡の海岸に上陸したことになっている。ここまではどの学者も認めているのだが、問題はそこに上陸後、同じ九州内の山門郡にあった女王国に行くか、あるいは博多あたりから現在の大和地方に行ったかが主張の岐《わか》れ目である。『魏志倭人伝』に載っている順路を分かりやすく表に示すと、次のようになる。

狗邪《くや》韓国（南朝鮮、現在の木浦地方と思われる）――一千余里↓対馬国。一千余里↓一支国（壱岐）――一千余里↓末盧《まつろ》国。（以上が水行）。

末盧国―五百里↓伊都《いと》国。―百里↓奴国。百里↓不弥《ふみ》国。（以上が陸行）。

不弥国―水行二十日↓投馬《つま》国。―水行十日、陸行一月↓邪馬台国。

邪馬台国から以南は便宜上省略するが「郡より女王国に至る万二千余里」とあって、今の京城から邪馬台国までの総里数は一万二千余里ということになっている。粁《キロ》に直して四万八千粁だ。

この距離がいかにも長いことを読者も気づかれるであろう。たとえば、木浦付近から対馬までを一千余里とし、対馬から壱岐までを一千余里とし、壱岐から末廬国（現在の佐賀県東松浦郡と推定されている）までを一千余里としている。

あともそれに準じて大ぶん長い距離が書いてある。しかし、これは中国の独特な里数計算や、この報告をした使者の話にも不正確なところがあって、額面通りには受取れないとされている。

なかでも面白いのは、不弥国から投馬国に行くのに水行二十日とし、投馬国から邪馬台国に行くのに「水行十日、陸行一月」としてあることだ。このことがこの距離の読み方に大いに関係がある。

なお、面倒なので一々書かなかったが、大体この行程は南のほうにばかり向かっている。なかには、奴国から不弥国まで東しているところがあるが、大体に南の方向にばかり進んでいる。図で示すと、次の通りになる。

不弥国——南水行二十日——投馬国——南水行十日、陸行一月——耶馬台国

東百里　奴国

東南百里　伊都国

（榎《えのき》一雄氏『耶馬台国』による）

「伊都国」は、現在の福岡県糸島郡付近、「奴国」は博多付近に推定がほぼ一致している。

「不弥国」は今の福岡県太宰府《だざいふ》付近にある宇美《うみ》町と推定している学者もいるが、そうすると博多から宇美町まで百里というのはおかしい。現在、この両地点の間隔はせいぜい八粁ぐらいだ。そういえば、糸島郡から博多の間も十二、三粁であろう。すなわち、百里という里数は古代中国式の測定であることが分かる。

次に「不弥国から投馬国まで南に水行二十日」とし、「投馬国から邪馬台国まで南に水行十日、陸行一月」としてあるのは論争の焦点となっている。

もし、原文のままに従うと、この旅程では不弥国から九州を突き抜けて海のほうに出てしまう。

そこで注目されるのは、南というのは東の誤りではないかという推論があることだ。つまり、使者の錯覚で東と南とを取違えたのではないかというのである。そんなふうに修正すると、不弥国から投馬国まで南へ水行二十日や、投馬国から邪馬台国まで南へ水行十日、陸行一月は、今の瀬戸内海を東行して、恰度《ちょうど》、大和地方に到達することができる。これが邪馬台国を大和説にしている論者の主張である。

当時の中国の考え方では、日本は朝鮮の南に南北に亘《わた》って垂れ下がった島国と想像していたから、この考え方は自然だという。

事実、古い世界地図を見ると、日本の位置は、現在のように東北に向かって弓なりになっているのではなく、朝鮮のすぐ南に細長い甘藷《かんしょ》のかたちで記載されてある。したがって、この東を南に取違えた論は、それなりに首肯させるものがある。

それで、投馬国は現在の山口県佐波《さば》郡とも推定し、あるいはそれを備後《びんご》の鞆《とも》に当てる学者もいる。

当時の幼稚な航法を考えると、大和へは瀬戸内海を通るのが最も安全だ。無数にばら撒《ま》かれた島嶼《とうしょ》は嵐《あらし》の待避に格好な場所でもある。また漢鏡の出土状態、古墳の分布状態から考えると、畿内《きない》説は有力である。

しかし、九州説もそれなりに畿内説に譲らない強さを持っている。

この『魏志』の旅程では、前に書いたように、どうしても無理なので、九州説では伊都国から各地への旅程を放射形に推定している学者もいる。たとえば、榎一雄教授などは、漢国の使者は伊都国に留《とど》まっていて、そこを基点に各地への旅程を述べたのではないかと言っている。また、水行十日、陸行一月というのはいかにも遠すぎるから、これは水行すれば十日、陸行すれば一月という意味ではないかと言っている。

ところが、これに反対する畿内説は、『倭人伝』の記事はそのまま素直に読むのが本当で、榎教授のように放射形に考えるべきでないと言っている。それにしても陸行一月は長すぎるので、一月は一日の間違いではないかと述べている学者もある。たとえば、白鳥庫吉《くらきち》などはその主張だった。

では、九州説における投馬国とは現在のどこだろうか。これには九州の薩摩《さつま》、日向の都万《つま》、筑後《ちくご》の上妻・下妻、あるいは三潴《みつま》を推定する各説がある。

同じ畿内説にしても、瀬戸内海を取らず、日本海岸側の航路をいう人がある。これは対馬暖流に乗って東行する考えで、むろん、出雲《いずも》国の連合体が頭に入っているからであろう。その説では、投馬国を出雲や但馬《たじま》に当てている。

そのほか、『倭人伝』に書かれた漢字の発音が当時の日本の地名の発音を正確に写したものかどうか。それには古代と現代との言語上の比較問題もある。また、北九州にだけ存在している神籠《こうご》石《いし》（山岳の山腹を低い石垣でとりまいた古代遺址《いし》。祭祀《さいし》址《し》という説が強い。山口県に一例あるのみ）のことや、大和連合体と九州連合体との政治的関係など、考古学上、文献学上の問題が絡《から》まって、この両説をそれぞれ傍証づけている。

しかしこれ以上書くと煩《わずらわ》しくなるから、この辺に止どめて、以上大体、両方の説のあらましだけは述べたつもりである。

「あなたは、邪馬台国が畿内にあったか、九州にあったか、どちらを支持されるつもりですか？」

四国の郷土史家浜中浩三は、まず私に反問した。草の上にのんびりと腰を下ろしての話だった。

「さあ、ぼくも実はそのことを真剣に考えたことはないのです。両説とももっともなところがありますからね」

私は答えた。二人とも煙草《たばこ》をふかしていた。

「そうです。畿内説も、九州説も、全く互角の相撲をとっています」

浜中浩三はそう言って、

「しかし、それだけに両説ともあんまり先入観が入りすぎているような気がしませんか」

「先入観ですって？」

「つまりですな、この問題は、すでに大ぶん前から言われています。それをのちの学者が次第に説を固めるため、実に微に入り細に亘り研究してきました。だが、われわれからみると、あまりに重箱の隅をつつき回したという感じがしないでもないのです」

「たしかにそういう感じはありますな」

「わたしはですな、邪馬台国がどこにあったかという結論はあと回しにして、この両説以外の盲点に着目したのです」

「ほほう。すると、九州説でも畿内説でもない？」

「まあ、大ざっぱに言えば、どちらかに入るでしょうが……」

と浜中浩三は微笑した。

「大体、あなたもお気づきの通り、『魏志』の里程と、水行十日、陸行一月というような曖昧《あいまい》な書き方が論争の混乱を起こしていると思います。榎さんの言われるように、漢の使者が伊都国に駐留して、そこから先の地名は他人の話をまとめて報告したのだろうということは十分に考えられるし、また『倭人伝』の読み方を連続的でなく、いわゆる放射線形に読むということもたしかに独創だとは思います。しかしですな、反対論者の言うように、記事を素直に読んで解釈すべきだという説も捨てがたいのです」

「なるほど」

「けれども、それでは邪馬台国は九州の南のほうに突き抜けて、今の奄美《あまみ》大島か沖縄あたりになってしまう。それはとうてい考えられない。してみると、里程の修正はもとより、水行十日、陸行一月というのも修正しなければならない。では、陸行一月とは一日に何里歩く計算なのか、水行十日とは一日にどのくらい船が進む推測なのか、この辺のところも曖昧の域を出ません」

「そうですね」

「当時の航海法は貧弱ですから、水行十日というのは、嵐に遭ったり、途中の島に碇《てい》泊《はく》したりする日を計算に入れなければならないとも言われていますが、それにしても、これではあまりに漠然としています。やはりわたしは、これは漢の使者が漠然と他人の風聞をしるして自分なりの想像を付け加えたのだと思います。……しかし、わたしの説が違うのは、榎説の〝伊都国〟が基点ではなく、〝不弥国〟を基点にしたいのです」

「なぜですか？」

「なぜかとおっしゃるんですか。ほら、よく考えてごらんなさい。不弥国まではちゃんと里程が書いてあるでしょう。しかし、それから先は、南に水行二十日にして投馬国、それより南に水行十日、陸行一月で邪馬台国となっていますね。里程は不弥国までです。あとは日数となっている。つまり中国の使者は里程をしるした所だけ歩いたのです。日数のほうは想像だと思うんですよ」

「新説ですね」

私は感心して言った。

三

私がなぜ浜中の言葉に感心したかというと、いままで誰もこの着眼に気づいた者がないからである。

たしかに末盧国↓伊都国↓奴国↓不弥国までは、それぞれが里程で書かれている。そのあとの不弥国から投馬国、邪馬台国までは里程でなく日数計算である。もっとも、この里程や日数にしても、『魏志』の文章にアヤを持たせるためわざと日数をもって里数にかえたという説や、里数と日数とは平衡が取られているという学者もある。

また、伊都国は現在の福岡県糸島郡深江《ふかえ》付近と諸説が一致しているので、ここを基点として、あとの各地は魏の使者が日本人から聞いた距離を書いたのだろうという説がある。しかし、それは不弥国を基点としているのではない。伊都国が一応基点となっているのは、伊都国の位置が諸説一致しているので、その安心感があるためであろう。これが学者の心理的な陥穽《かんせい》となって不弥国を基点とする考えまで及んでいない。たしかにこの吏員が考えたように人が実際に自分で歩く場合は距離感を実感として受けとる。里数はその体験を表現しているように思える。

『魏志』の日数は、一日の里程を所要日数に掛けて表わしているのだという説もあるが、しかし、日数の場合は、宿泊や風浪の待避などが含まれるだろう。学者のなかには『土佐日記』を引用してその舟泊りを例示しているくらいだから、日数をもってそのまま里程を表わしたとはいえない。普通の観念として所要日数の言い方は、甚だ観念的で、里数で表わすような具体性がない。

この具体性のなさはそれが他人の話だからで、そのために抽象的なものになってくる、と浜中は言うのだった。

「そうですか」

と、村役場吏員は、私の興味を知ってうれしそうに笑った。

「先生のようにすぐわたしの説に興味を示して下さると、わたしも話し甲斐《がい》があります。……大体『魏志倭人伝』の記事は、見方によっては大へん意地悪い記述です。そこから解釈の混乱が起るのですね。各人各説で面白いのですが、どの学者も自分に都合の悪い点は『魏志』の記述が間違っているとか、誤写だとか、錯覚だとか言って切り捨てています。最近、富来隆先生の著書を拝見しましたが、そのなかにこういう否定や正反対の取捨選択は果たして何を基準として可能なのだろうか、と疑問を言われているのは全く同感です」

私はうなずいた。

『倭人伝』の記事をその通りに読んでゆくと、邪馬台国が九州の鹿児島県あたりを突き抜けてゆくことは先に書いたが、それでも不合理なので、途中から「東」を「南」に取違えたことにしたのが畿内説の成立である。だが、記事が「東」を「南」に取違えたと言い切るには、根拠になる立証はなにもないのである。これは、畿内に邪馬台国をもってゆくためのご都合主義の想像でしかない。

最近、四国の医者である郷土史家が出した邪馬台国に関する考察は大そうな勇敢な書物で、先学の諸説を悉く《ことごと》粉砕し、読んでみてまことに面白いが、面白いというのはそれがひどい独断だからである。この書物では『倭人伝』の文章が都合のいいような訳し方になったり、地名も無理した語呂《ごろ》合せに終わっている。

しかし、誰がこの四国の医師の我田引水を咎《とが》めることができるだろうか。大なり小なり昔からどの学者も同じ牽強附会《けんきょうふかい》をやって来ているのである。

「全くそうです」

と、私の意見を聞いて浜中浩三はにこにこしてうなずいた。

「榎先生の伊都国を基点とする放射形の方向里数は、まことに独創性があって傾聴に値しますが、距離、行程の書き方の違いで伊都国から不弥国までなら百里、伊都国から奴国までなら百里、伊都国から投馬国までなら南に水行二十日、伊都国から邪馬台国に行くなら南水行十日、陸行一月というふうに、それぞれ伊都国中心に放射形に区切られています。これは伊都国から邪馬台国に至る里数が直線コースで読むよりもずっと距離が縮まり、邪馬台国を九州に置く上で大へん都合のいい説です。ですが、伊都国からA地点に行くには何里、B地点に行くには何里という「には」に当たる分断の字句は原文には何もありません。カンぐって考えれば『魏志』の記述を棒よみにトータルすると、どうしても九州邪馬台説に無理がくるので、こういう計算方法を考えられたともいえます」

「なるほど」

「また、問題の投馬国から邪馬台国へ行くのに南水行十日はいいとして、陸行一月はあまりに長くかかりすぎる。一月は一日の誤写ではないかというのも、自分の理論に都合が悪いからあっさりと〝誤写〟にきめてしまっているといわれても仕方がありません。少なくとも『魏志』の誤記が科学的に立証できない限り、やはり学者の都合勝手な歪曲《わいきょく》というほかはありませんな」

「なるほど」

「いや、学者というものは身勝手なものですよ。のちの時代になって文献も豊富になり、いろいろと遺物、遺蹟《いせき》などが発見されれば、それに拘束されて大胆な飛躍はできないのですが、この『魏志倭人伝』に関する限りは立証文献がほかに無いものですから、中国ののちの典拠などを持出して勝手な熱を吹いています。実際、諸説を読み比べると、こういう学説の飛躍をもう少しあとの歴史時代にもやってもらいたいと思いますな。そうすると、歴史もずいぶんと面白くなるし、発展もしますよ」

と、村役場吏員は皮肉そうに笑った。

「しかしですな、先ほど富来さんの説に感心しましたが、ほかのところを読むと、そう感心ばかりはしていられません」

　と、浜中浩三は語り継いだ。

「富来先生が邪馬台国をこの宇佐に仮定されたのは、たしかに卓見だと思います。ですが、それにしても、投馬国から……この投馬国を富来先生は現在の鞆、といっても備後の鞆ではなく、速鞆《はやとも》瀬戸から想《おも》いつかれて今の北九州市門司《もじ》区に設定されているのですが、そうなると、南水行十日プラス陸行一月となれば、宇佐まではひどく長くかかりすぎる。そこで、富来先生は〝通説に従って陸行一月を一日とする〟と勇敢に断じておられます。しかし、通説といったところで、陸行一月が一日の誤記だとは一部の学者がいっていることだけで、学者間の意見が一致しているわけではないのです。少なくとも奴国が現在の博多付近だと諸学者に認められるぐらいの普遍的な〝通説〟でないと、やっぱり独断ですね。……つまり、富来先生も自分流に都合のいいように解釈されているのです。これは富来先生だけではなく、どの学者も自説によろしくないところは勇敢に切り捨てておいでになっています」

「なかなか手きびしいですな」

　と、私は言った。しかし、吏員の批判には私も秘《ひそ》かに同感していた。

「それにですな」

と、吏員はいった。

「富来先生は、不弥国を今の宗像神社のある一帯に仮定されています。富来先生は『魏志倭人伝』の方向はその記述の通りに解釈しなければいけないと諸学者の〝東〟説を叱《しか》りながら、ご自分では宗像付近を奴国の東と思っていらっしゃいます。だが、奴国から不弥国の方向は、正確には東よりもむしろ北に近いんです。北東ですね」

「しかし、そこまでは魏使の方向感覚は細かいニュアンスを持っていなかったでしょう」

「いいえ、そんなことはありません」

と、吏員は強く否定した。

「末盧から伊都国まで東南五百里、伊都国から奴国まで東南百里と、正確に他の東、南の単一方向と区別しているではありませんか。東南と書いている細かい神経があったわけですよ。富来先生は『魏志』の記述は大体において方向軸約六、七十度ほど全体にズレている、と言われています。それなら富来先生は宗像の位置を北東に求めなければならないのですが、ここはあっさりと東に規定されています」

「なるほど」

「それから、富来先生ばかりを批判するようで申訳ないのですが、不弥国《ふみ》をウミ、つまり〝海の国〟だろうと言われています。これは宗像神社の各祭神が地島、大島、沖島に分祀《ぶんし》され、殊《こと》に最近の沖の島発掘の考古学成果をも頭に置いておられるようです。胸形族が古代に強大な勢力圏をつくっていたことは想像されるから、ここに目をつけられたのは富来先生の慧眼《けいがん》ですが、不弥国を〝海の国〟などと言うのはどうでしょうか。それなら、海岸沿いの末盧、伊都、奴も全部〝海の国〟にしなければならないわけです。つまり、他は正確に土地の名前がついているのに、不弥国だけ〝海の国〟などという抽象名詞では地名として成立しないわけです」

「なるほど、そうかもしれませんね」

この吏員は素人《しろうと》学者ながら、その方面の本は相当読んでいると思った。

ところで、話を聞けば聞くほど不弥国を基点にするという説は面白くなってくる。

では、一体、このアマチュア邪馬台学者は、不弥国を現在のどこの地点に求めるというのであろうか。

「それにですな、魏使は、はるばると、魏の都を発《た》って渤海《ぼっかい》湾を渡り、京城に行き、水路朝鮮沿岸を南下して対馬、壱岐、末盧と来たのです。方向に対しては十分な知識を持っていたと言わねばなりません。それを簡単に途中から東を南に取違えて書いたのだろうというのは、全く『魏志』を冒瀆《ぼうとく》したものです。第一、太陽が東から上って西に沈むぐらいは魏使だって知っていますよ。いや、長い航海をし、暦を知っていた古代の中国人だからこそ、特に天の運行に関しては鋭敏な感覚を持っていたはずです。だから東南というようなニュアンスまで書けるんですよ。富来先生の宗像地方が『魏志』にいう真東に当たるところとは思えませんね」

「すると、〝誤写〟の点はどうですか?」

「これも全く理屈の外ですね。なぜなら、それまでずっと南という字がずいぶんと連続して出て来ているんです。東という字が出てくるのは、末盧から伊都、伊都から奴の間だけです。それも東南というふうに南に接着した二回だけです。それを今度は急に東だけに書き誤ったというのは誤写する人の心理の上からいっても考えられないのです。南という字が絶対多くつづいてきたのに、なぜ、急にここで東と誤写するでしょうか。誤写の仮説は全然成立しませんね」

「そうですな」

と、私もそれは賛成だった。

「やはり大和畿内説に持ってゆく学者の歪曲ですか？」

「そうです。強引な歪《ゆが》め方です」

「では、いよいよ、あなたの説を詳しく伺う段ですね」

と、私は言った。浜中浩三は一応諸学説に批判を加え、否定すべきものは否定し去ったのだから、今度は彼自身の意見を聞く番だった。

「分かりました。では、お話ししましょう」

と、浜中浩三も少し意気込んだ顔つきになった。彼は手に持っている手帳をひろげた。

「わたしは魏使が日本に上陸した地点は、現在の佐賀県東松浦郡のあたり、末盧はマツロですから従来の説に異論はありません。ただ、諸学者が現在の唐津に推定しているのは少し不審です。これはやはり少し西北寄りの呼子《よぶこ》町が適当でしょう。現に太閤《たいこう》秀吉《ひでよし》が朝鮮征伐のときには、この付近の名護屋《なごや》に居ましたからね。『倭人伝』の記事を読むと、ここを起点に東南に進むというから、地形的にも奴国に行くのに東南に進めるわけです。このことは榎先生も同じ意見を述べておられます」

「すると、あなたは伊都国を現在の糸島郡に求められるわけですか？」

「いいえ、全然違います」

「ほう」

「それはですね、わたしは『倭人伝』の記事を極めて素直に読んでみたいからですよ。末盧が今の呼子だとすると、伊都国まで五百里としてある。これを日本の里数に換算して約五十五、六里くらいとしますと、糸島郡の深江あたりではあまりに里数が多すぎる。学者によると、誇張だと書いてありますが、それならば、伊都国から奴国の百里は、末盧から伊都国までの五百里の五分の一です。現在の地図を見てみると、呼子と深江、博多は、ほぼ同等距離にあります。魏使が歩いて多少の思い違いがあったにしても、五対一の比率距離ではあまりにひどすぎる。いくら何んでもそんなに両区間が違うはずはありません。ですから、伊都国は、諸説の言うような糸島郡ではないのです。糸島郡としたのは怡土《いと》の古名にあまり囚《とら》われすぎているからです」

「では、どこですか？」

「ざっと略図を書いてみましょう」

と、彼は手帳に北九州の地形をスケッチしてみせた。

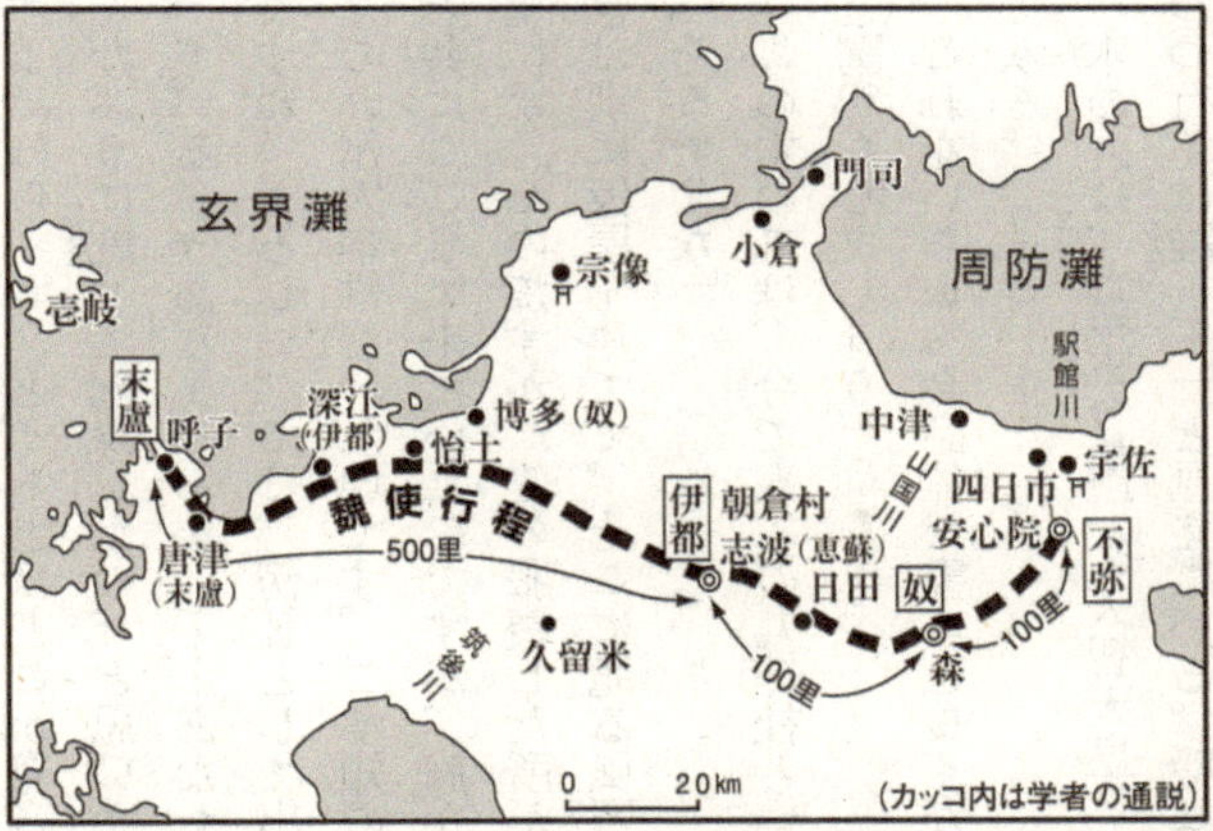

「わたしは呼子から、五、六十里、しかも『魏志』に伝える東南の方向を忠実に求めて行きますと、恰度《ちょうど》、このあたりとなるんですよ」

「えっ、福岡県朝倉村ですね？」

私はのぞき込んで叫んだ。

「そうです。朝倉といっても、恰度、このように筑後川の中流が流れていて、その北岸に当たる志波《しわ》部落付近です。これだと呼子からまさに東南に当たり、魏の里数五百里に妥当だと思います」

「こんな所にそれを証明する何かがあるのですか？」

「それはですな、和名抄にある恵蘇《えそ》ノ宿《しゅく》です。わたしはここそ伊都国だと思うんですよ。ほら、エソとイトとはどこか発音が似ているでしょう。魏使は倭人の発音をこんなふうに訛《なま》って記録したのだと思います。九州あたりでエソなんて地名は随分変わっているじゃありませんか。……あなたはそれだけでは物足りないという顔をしていますね。よろしい。では、傍証として出しましょう。ここは斉明天皇が新羅《しらぎ》征伐のときの九州大本営だった地です。ご承知のように、斉明天皇は皇太子である中大兄皇子《なかのおおえのおうじ》と共にここまで来ていたのですが、病を得て崩じた。そこで、皇子が践祚《せんそ》し、天智天《てんち》皇になったのですが、その服喪した所が木の丸という仮屋です。上代は喪に服するときは別に仮屋を建てて、そこに籠《こも》る風習があったわけです」

「そうですな」

「この木の丸は、今でも木の丸神社という宮が残っています。木の丸についてちょっと講釈をしましょう」

これをいちいち会話体で書くと長くなるので、彼の話を普通の文章に写して紹介してみる。

木の丸は、『新古今集』に天智天皇と題して「朝倉や木の丸殿に我居れば名告をしつつ行くは誰子《たがこ》ぞ」と見えている。殿は館《やかた》の意。上代では皮つきのまま柱を組んで仮舎を造る習慣があったから、ここを黒木の殿とも言っている（京都洛北《らくほく》の野々宮にある黒木の御所が参考になる）。なお、この地にあった斉明天皇の行在所《あんざいしょ》は橘《たちばな》の広庭とも称していた（田道間守《たじまもり》が垂仁天皇に献じた非時香菓《ときじくのかぐのこのみ》はこの橘であった）。そんなわけで、この地の古名「恵蘇」が「怡土」としても十分に考えられると、浜中はいうわけだ。

さらに、当時の博多湾は現在よりずっと南に入り込んでいたから、新羅作戦の本拠地をこのような所に置いたのだ。今の地形は那珂《なか》川の流砂が博多湾を埋めたのである。現在からすると、ずいぶん辺鄙《へんぴ》な所に大本営があると思われるが、原形を考えると少しも不自然ではない。してみると、ここを伊都国に推定すれば、交通の要衝であり、『魏志』にいう「国郡使の往来して常に駐《とどま》る所」にふさわしい土地であろう。

では、伊都国を現在の福岡県朝倉村志波（恵蘇）とすると、奴国はどこか、これは末盧から伊都国の五百里に対して百里だから、東南に延ばすと、大体、現在の大分県森町《もりまち》付近だ、と浜中浩三は推定したのである。豊後森も山間地だが、ちょっとした盆地でもある。だから『魏志』にいうところの戸数はあったに違いないし、傍らには川も流れ、上代人の好みそうな地形である。

『魏志倭人伝』の方向、里数をその通りに読むと、以上のようなことになる。

すると、奴国から「東」に当たる不弥国はどこか。浜中によれば、ここまで里数が書かれているので、魏使が実際に歩いて来たのだろうというのである。

「不弥国はここですよ」

と、彼は私に眼下に展《ひら》けている安心院《あじむ》盆地を示した。

「えっ、ここが不弥国ですか?」

「そうです。あなたは現在のアジムをアヅミの転訛《てんか》と思いませんか?」

「ううむ」私は呻《うな》った。

「安心院は阿曇《あづみ》です。阿曇はご承知のように海神系です。つまり、朝鮮系の民族の居た所です。宗像族もそうです。この宇佐族も海神系ですから、魏使は海神系の勢力圏内をずっと歩いて来たことになりますね。……ですから、アヅミがつづまって『魏志』にいう不弥になったと思います。不弥の訓《よ》み方だって必ずしもフミとは限りません。不をどう訓むかが一つの問題でしょう」

四

四国の郷土史家浜中浩三が、不弥国の不をどう訓むかが一つの問題だろうと言ったので、私は、

「ほう、ほかに訓み方があるんですか？」

と訊《き》いた。

長いこと話していたので、いつの間にか樹《き》の影が私の背中の上に匍《は》っていた。私は寒くなったので身体《からだ》をずらせた。

「それはですな」

と、浜中も太陽の移動につれて自分の身体を日向《ひなた》に移した。

「不は魏使の当て字で、倭人の言ったのを音で当てはめたのだと思います。すると、フはハ行のどれにも当たります。このうち、仮名のホは、漢字の火を意味しているという説もあります。ほら、彦火火出見尊《ひこほほでみのみこと》の例があるでしょう。だから、ここをホミと考えられますが、火はたいてい火山系の所に使われています。九州では阿蘇《あそ》がそれに当たるでしょう。また当時はこの別府の近くの由布岳《ゆふだけ》が考えられますね。ユフのフはホかもしれませんね。ですが、この付近には由布岳は見えませんし、噴煙が上ったとしても、山に遮られて分からなかったと思います。やはりここの不はハでしょうね。

倭人がアヅミと言ったのも魏使の耳にはハヅミと聞こえ、不の字を当てたのでしょう」

「なるほど、面白いが、中のヅはどうなりますか？　まさかつづまったわけではないでしょう」

「それはぼくも考えました。しかし、このヅは、あるいは原典にはあったのかもしれません。それを写すときにうっかりとヅの漢字を脱かしたのだと思います」

「つまり、脱字ですな」

と言ったが、私は、この郷土史家も都合のいいときは誤字・脱字で逃げるわいと思った。しかし、どちらでもいいことなので、私はあまり反論しなかった。たしかに、この郷土史家の言うことは新説だからである。

「この安心院《あじむ》が阿曇《あづみ》の訛《なまり》であること、そして、その阿曇そのものを地名に使っていたことは海人族の本拠だということがいえます。つまり、ここは大陸系の人たちが住んで居たのです。『魏志倭人伝』では勢力のある所ばかりを魏の使いが行っているように書いていますが、もう一つ彼らは同国人の集団を訪ねたということも考えにおかなければなりません。おそらく、阿曇にはすでに渡来した大陸系の二世か三世が居たかも分かりません。しかし、血は同じです。わたしは魏使が異郷に居を持っている同胞の裔《すえ》を訪ねたとしてもちっともふしぎではないと思います。学者の説は、あまりにも政治的にのみ囚われすぎていると思います」

「なるほど、それも面白いですな」

とにかく、この郷土史家の言うことは意表をついている。

「ではいよいよ最後の邪馬台国がどこにあるかを伺わねばなりませんな」

と、私は言った。それこそ双六《すごろく》でいえば最後の「上り」であるからだ。

「そうですね、結論から言うと、わたしは邪馬台国は九州説ですよ」

「はあ、やっぱり九州ですか」

もっとほかの場所が出るかと思ったが、これだけは結局通説の一つと同じだったので、少々がっかりした。

「まあまあ、順序から申しましょう」

と、郷土史家は私の質問を見て取ったように言った。

「不弥国から南に水行二十日とありますね。これは魏使が実際に行ったのではなく、倭人から聞いた話を書いたということは前にお話しした通りです。なにしろ、当時の倭人は里程の知識も観念もありません。ある場所に行くには何日かかるという言い方しかできなかったわけです。わたしは、この水行二十日という文字に全く陸行の文字がないのに目をつけたのです。そのあとの投馬国から邪馬台国までは水行十日、陸行一月とはっきり陸行の部分が出ている。ですが、不弥、投馬国間は水行だけです。これをもって学者はすぐに海を想像していますが、わたしは川だってあり得ると思うんですよ」

「ははあ」

「今の地図の観念から想像するので間違うのです。あなたは魏の使いがずいぶん辺鄙な山奥を歩いていると思いませんか。いや、これはわたしの説ですがね。ほかの学者はみんな海岸沿いです。わたしのは日田《ひた》の近くの恵蘇に行ったり、豊後森に来たりしています。そして、豊後森から、このアヅミに山越えとなっております。しかし、これは簡単に説明できますよ。日田地方や豊後森付近は山中で、塩の入手ができなかったのです。それで、海岸沿いの住民と塩の貿易をやっていたと思います」

「なるほど」

「その貿易路が山の中につけられていたと思いますね」

「しかし、その道はいま遺《のこ》っていませんね？」

「遺る道理はありません」と、郷土史家は私をあわれむようにみた。「それは人が険阻な山を草を分けて通っていたときの話です。のちに大和に中央政権が出来、海岸沿いの政治道路が完成すると、必要はなくなったわけです。塩は、そういう政治道路からいくらでも奥地に供給されるようになりましたからね。馬や牛による荷運びが発達し、そのためには迂回《うかい》しても川沿いの路《みち》がとられたわけです。もう人が難渋して歩く最短距離は必要がなくなったわけです」

「次を伺いましょう」

「魏使は安心院から投馬国に行くとき、海岸に出る最も楽な交通方法を舟によったのだと思います」

「舟？」

「ほら、安心院の盆地を東に下ると川が流れていますね。駅館川と書いてヤッカンガワと読ませています。この川こそ古事記に出てくる宇沙《うさ》川です。これを利用して海岸に出たと思います。ほら、古事記や日本書紀にも見えているでしょう。神武天皇が東征のときこの川に足一騰宮《あしひとつあがりのみや》を造られたという話がね」

「はあ」

「神武天皇の伝説がその川に遺っているということは、それだけ古代の重要な舟便交通路だったわけです」

「そういうところから水行だけの話が出るわけですね？」

「そうです。あなたは呑《の》み込みが早い」

と、郷土史家ははじめて私を賞《ほ》めた。


「当時、この宇沙川の水深は現在よりもっと深く、川幅もひろかったのです」

と、郷土史家はつづける。

「今では上流の土砂が河床を浅くしていますが、昔は相当深かったわけです。しかし、現在よりはもっと険阻だったでしょう。ですから、舟で下るにしても、当時の幼稚な航法では大へんに難儀したと思います。わたしは、この上流から下流に出るまで、もしかすると、途中二泊ぐらいはしたんじゃないかと思いますね。なぜなら、神武天皇の伝説には足一騰宮に宿泊したとあります」

「ははあ」

「その上、雨が降れば上流の水嵩《みずかさ》が増し、下るに危険なときもあったでしょう。そうなれば、一つ所に三日も四日も泊らなければならない。また内海に出ても、それに沿って南に下るときにはやはり時化《しけ》があったり、海が荒れたりしたでしょう。水行二十日の中には、そういう計算も入っていたんです」

「お言葉ですが、それは自然現象ですから、必ずしも毎回起こるとは限らないでしょう？」

「いやいや、あなたはそう言いますが、遠い所に行きつくまでには、そういう不時の宿泊が多いということを魏人は常識的に知っていたのですよ。どうも、今の人は現在の舟の構造ばかりを頭に入れているから困りますね。当時は非常に幼稚な舟ですから、転覆の危険率が多い。文字通り板子一枚……いや、そのころは南洋の土人が使うような刳舟《くりぶね》だったでしょうから、安定感もなく、波の動揺にも弱かったわけです。板子一枚ではなく、刳木一枚下が地獄ですから、とても慎重なんですよ。航海に日にちがかかるはずです」

「なるほど。して、その投馬国というのはどこですか？」

「別府の南側に当たる臼杵《うすき》です」

「え、臼杵？」

「そうです。近くには和名抄にみえる丹生《にう》というのがありましてね。延喜式に海部郡伝馬という名で見えています。これですよ。伝馬はテマと訓みます。これが投馬国の正体です。つまり、国東半島からいろいろな入江を飛び石伝いに寄り道してここに着くわけです。この伝馬からはすぐに臼杵の有名な石仏群があったり、または宇佐神宮に因縁のある神社があったりするのでも分かるでしょう」

「すると、邪馬台国は？」

私は少々面倒になって訊いた。

「やはり宮崎県と鹿児島県の間でしょう」

と彼は答えた。

「とすると、やはり霧島あたりになりますが？」

私がいうと、

「いや、霧島とは限りません。もっと阿蘇寄りでしょうね。まあ、『倭人伝』の記事も漠然としたものだし、邪馬台国も相当大きな権力を持っていたから、今でいう一部地方に限定するのは誤りです。もっと大きな版図と考えていいでしょう。あるいは阿蘇もその一部だったかもしれません。ですから、水行十日と陸行一ヵ月かかるわけです。考えてごらんなさい。今の佐土原《さどわら》あたりに上陸するとして、山越えにそういう場所に行くには重畳たる険阻に阻《はば》まれ、一ヵ月近くはかかるんじゃないでしょうか」

と、浜中はようやく結論を出した。陽がいつしか西に傾きかけた。

「いや、おかげで面白うございました」

と、私はやっと掛けている場所から腰を上げた。

「どうです」浜中浩三は少々得意げに言った。「あなたは、この不弥国の遺蹟《いせき》を見ようとは思いませんか？」

「えっ、遺蹟ですって？」

「これはわたしだけが知ってることです。まだ誰にも話していません」

「……………」

「実は、わざわざ松山の近くからここにやって来たのも、そういう遺蹟の調査のためです。わたしはあなたがこの宇佐神宮に特に興味を持たれているから、つい、秘密を打明けずにはいられなくなったのです」

「一体どこですか、それは？」

「なに、ここから二キロばかり元に戻って下さい。……そうそう、あなたは今夜はどこにお泊まりですか？」

「まだどことも決めていません」

「それなら四日市近くまで戻ることですな。この安心院よりもいい宿があります。わたしが行くのもその途中ですから」

私たちは揃《そろ》って起《た》ち上がり、宇佐神宮の神体である石をもう一度眺めて、急な坂道を下った。

しかし、私は無駄話を聞いたとは思わなかった。とにかく、このふしぎな郷土史家の話は、たとえ独断があったにしろ、諸学者の言わなかったことを言っている。人はこれをこじつけだと言うかもしれない。だが、新井白石を初め代々の歴史家の耶馬台説のほとんどがこじつけではなかったか。彼らよりも、この郷土史家が末盧国、伊都国、奴国、不弥国の距離を原典通りに推定したところなどは面白いし、方向もちゃんと『倭人伝』通りに合わせている。

しかも、それぞれの土地にはそれらしき由緒《ゆいしょ》がある。伊都国を恵蘇として斉明天皇の行在所に証明を置いたところなど、これまで誰も言わなかったことだ。そして、この安心院もそうである。私のように宇佐神宮の神秘性を解こうとする者には、安心院が阿曇であるという説は大いに参考になったくらいだ。

私たちは盆地の広い平野を歩いた。陽はかなり西に落ちている。二人の影は長かった。

安心院の町の中心はいろいろな店があるが、旅館らしい看板は眼につかなかった。やはり浜中の言うことを聞いてよかったと思った。そこを突き切ると、うねうねした山を登るのだが、私たちは坂の下でバスを待った。あまり来たこともない土地に田舎のバスを待ち合わせるというのは、何んとなく哀愁のあるものだ。

二十分ぐらい経《た》って私たちはバスに乗った。

「いや、こうしてみると、この土地もなかなか由緒があって勿体《もったい》ないくらいですな」

浜中は私の横に坐《すわ》ってそう言った。窓の外を見ると、トラックやスクーターが坂道を走っている。傍らの農家の軒には柿《かき》が干され、自転車の男がその前で主婦と立話をしていた。要するに現代のどこにも見かけられる雑駁《ざっぱく》たる光景だった。ここに居る人たち自身が、この土地の古代史的な貴重さを知らない。そういう忿懣《ふんまん》が、浜中浩三の口吻《こうふん》にはあるようだった。

やがて、そのいわれのある安心院盆地が山に遮られて見えなくなると、バスは峠を越し、ふたたび九十九折《つづらおり》の坂を下った。今度は眼の下に四日市の町がひろがってきていた。

「あ、ここで降りましょう」

浜中浩三はバスの車掌に言うと、私を促して道端に降りた。

そこは坂の途中なので家も何もない。ただ、下のほうに四日市の町や、その近傍の村落が展望の中にあった。汽車が白い煙を吐いて小さく走っていた。

「あの川ですよ」と、浜中浩三は、その線路の脇《わき》に指をあげて言った。

「あれが駅館川、つまり宇沙川です。魏使は、あの川を海岸のほうにずっと下ったわけです」

彼はいかにも自信ありげに決定的な言葉で言った。まるで疑いない事実を述べているかのようだった。しかし、私の眼には白い筋が細く見えているだけであった。

「さあ、いよいよ洞窟《どうくつ》に案内しましょう」

浜中浩三はいそいそとして私を促した。バスの通っている道から小さな径《みち》が坂下についている。彼は枯れている藪《やぶ》の中に入った。

「少し急ですが、我慢して下さい」

と、彼は先頭に立ってあとに従う私に言った。径は枯れた草や竹笹《たけざさ》の間について山の斜面を匍《は》っている。大ぶん歩かされるかと思うと、案外早く浜中が立ち停まった。途中でちょっと平らな草地があった。その台地を五、六間ぐらい行くと、彼は歩くのを止め、

「ここですよ」

と、斜面に向かって指で示した。それはやはり藪が一ぱいに蔽《おお》い茂っているのだが、その陰に固い岩石層の崖《がけ》がある。見ると、人間の首までくらいの高さで洞窟が口を開いていた。横は三間ぐらいはあろう。

「なるほど」

私は妙に感心したように暗い穴の中をのぞいた。が、陽がすっかり山陰に沈んでさなきだに暗い中は、さっぱり黒くて何も見えなかった。

浜中浩三はごそごそとポケットから懐中電灯を取出し、背中を曲げ、片手を突き出して灯をともした。

「奥はどのくらいでしょう？」

と、彼は万遍なく灯を動かして照明の位置をぐるぐる変えた。茶褐色の土と露出した岩とが洞窟の天井と両壁を構成していた。奥に行くほど上が高く広くなっている。横穴と思えば間違いなかった。

彼は懐中電灯の灯を真直ぐに正面へ向けたが、その乏しい照明でもそれほど深いとは思えなかった。ぼんやりと行止りの壁が映る。

「目測して、大体七メートルぐらいでしょう。横は四、五メートルぐらいですから正方形よりちょっと長いというところでしょうな」

「この洞窟はどういう意味ですか？」

「これですか……あなたは大分県史蹟名勝天然記念物報告書を読んだことがありますか？」

「いや、まだです」

「それにも載っていますよ。ここは豊前四日市市洞窟史蹟という名がついていますがね。この下から、打製石器や磨製石器がごろごろ出てきたのです。縄文土器の破片も数個発見されています」

「やっぱり居住址《し》ですか」

「そうだと思います。あまり沢山は居なかったようですがね。もっとも、横穴の形式だから、墳墓の址《あと》だろうという説もありますが、それにしては羨道《せんどう》の形式がありません。やっぱり人の住んだ所でしょうね」

「ここが『魏志倭人伝』とどういう関係があるのですか？」

「わたしは、安心院の地形と、宇沙川の上流に位した現在の四日市の地形からみて、この峠の要害を擁する見張所みたいな址だと思います」

浜中浩三は、やはり自信ありげに推定した。

五

私は三日後に帰京した。

先輩を訪ねると、

「ほう、九州に行ったのですね」

と、彼は私の土産物の「宇佐飴《あめ》」を見て言った。

「何か収穫がありましたか」

「いや、大したものはありませんでした。こちらの期待が大きかったせいか、少々がっかりです」

「どこかで古文書など見せてもらいましたか」

「宇佐神宮関係のものはほとんど活字になっているので、あそこに行っても目ぼしいものは残ってないと思い、近郷の旧家を訪ねてみたのですが、これもほとんど収穫になりませんでした」

「宇佐からどこかに行きましたね？」

「あれから東国東《くにさき》郡の田染《たしぶ》村に行って、富貴寺《ふきじ》なんかを見て来ました。堂内の壁画がほとんど剝落《はくらく》して、何も分からなくなっています」

「あそこは明治の頃までは子供の遊び場だったというから、ずいぶん荒廃に任せたものです。戦前だが、堂本印象さんがその壁画を模写しているが、その時分はまだ多少とも絵が残っていたのでしょうな」

そんな話から、宇佐神宮の正体の鍵《かぎ》ともいっていい奈良朝時代の宇佐神宮勢力のことや、その範囲が現在の豊後一帯に及んで、富貴寺の阿弥陀《あみだ》堂、豊後の摩崖仏《まがいぶつ》といった、文化遺物に及ぼした影響の捉《とら》え方などに話題が咲いた。

「そうそう、ところで、宇佐神宮の奥宮に当たる安心院《あじむ》の妻垣神社に行ったんですがね、そこで面白い人物に遇《あ》いましたよ」

私は手短かに四国の松山在の住人、郷土史家浜中浩三の話をした。

「世の中にはまだ、そんな物好きな人がいるんですね。独りでこつこつと現地を歩いて自説を固めているようです」

「なるほどね」

先輩は浜中説を私から聞くと、面白そうな顔色になった。

「まあ、あの論争はほかに実証的なものがないので、アマチュアでも十分参加できるわけです。しかし、歓迎すべきことですよ。学問が一部の学者の独占物になっていては本当の姿ではない。やはり一般民衆が参加することが望ましい。それには学問の表現手段が自分たち仲間同士にだけ通じる用語であってはならないね。難解な専門語や文章が、高級な学者の発言だという迷妄は、もうそろそろ打破しなくてはなりませんな」

「全くその通りです。少しやさしい文章で書くと、やれ啓蒙書《けいもうしょ》的だとか、通俗的だとか叩《たた》かれますからね。論争は平易な文章で書くべきだと思いますよ」

「そういう意味で、郷土史家が中央の大きな論争に参加するのはいいことです。それに、いま君から話を聞くと、その人が『魏志倭人伝』の方向、距離を原文の通り素直に読むべきだというのは、たしかに現在の論争に頂門の一針かもしれない。大和説にしても、九州説にしても、あまりに勝手な解釈が行なわれすぎて、だんだん原文を歪《ゆが》めてゆくようですからな」

「ぼくも聞いていて面白かったんですが、その郷土史家の説はどう考えられますか？」

「面白いんじゃないかね。伊都《いと》国を福岡県朝倉郡朝倉村に求めたなどはユニークだな。恵蘇《えそ》が伊都に当たるかどうかは別として、伊都国を斉明朝の朝鮮出征の大本営の在った所に考えたのは、一つの説としてうなずかせるものがあるよ。しかも、それを末盧《まつろ》国からの距離比例から出しているのは面白い」

「安心院の阿曇《あづみ》、すなわち宇佐圏の本拠というのはどうですか？」

「それも面白いんじゃないかね。宇佐の阿曇と、宗像《むなかた》の阿曇族と、ここで照応するわけです」

「しかし、そのあとはちょとがっかりです。彼の伝でゆくと、さぞかし邪馬台国は奇想天外な所に求めるかと思ったら、九州説で、しかも、宮崎、鹿児島、熊本県境だというのでは落胆ですね」

「それまでの道程の解釈が通説と変わっているから、君の期待があったわけですな。『倭人伝』の原文のままに南へ南へと求めれば、やっぱり九州の中に邪馬台国があることになりますからね。しかし、日数計算の部分だけを魏使の見聞という推定は、中央の学界では、誰も言い出してないから独創的です。しかも論理性がありますよ」

「おかげで今度の旅行は、その人に遇ったのが一ばん面白かったです」

「君はすぐそこでその人と別れたの？」

「帰りがけに変な洞窟など見せられましてね。そこが異人族が入ってくるときの見張所だと言ってました。こんなところは、やっぱり通俗的な類推しかできないわけですな。ぼくは別々に宿をとったのですが、翌《あく》る朝、先方の泊まった宿に訊《き》いてみると、独りで朝早くどこかに出かけたそうです」

実際、その通りであった。四日市の旅館で朝飯を食べているとき、ふいと浜中のことが思い出され、彼の泊まった宿の女中に訊いてみると、もうお立ちになりました、という返事だった。私は朝霧の籠《こも》る山峡を窓に見ながら、その白い靄《もや》の中に歩いてゆく浜中浩三の黒い姿を想像したものである。

私は浜中に自分の名刺を渡している。私も彼から名刺を貰《もら》っている。帰京してからの一ヵ月ぐらいは、今に四国から彼の葉書でも来るかと思った。あの場の様子では、必ず私という相手をつかまえてなかなか話に脂《あぶら》が乗ったようだった。田舎に帰れば、必ずその後の経過を報告しそうなものだと思ったが、彼からは一通の葉書もこなかった。

私は彼の名刺を見て、その住所宛《あて》に葉書でも出したいと思ったが、それもずるずると延ばしているうちに忘れてしまった。

延ばした理由の一つは、彼の手紙がこないのは、まだ彼が旅先をさまよっているとも想像されたからである。


それから一ヵ月ぐらい経った。学校に出て、講義を終わって戻りかけると、廊下でこの前の先輩にぱったりと出遇った。この人はほかの大学では教授だが、この学校にも一週間に一度講師として来ている。

「君にちょっと見せたいものがありますよ」

先輩はにこにこ笑っていた。

「何んですか？」

「なに、地方新聞だがね、君に読んでもらおうと思ってここに持って来ました」

彼はポケットからたたんだ新聞紙を取出した。福井県のものである。

「ときどき、ぼくはこういう地方紙から頼まれて随筆など書いていますがね。もっとも、この新聞社から直接ではない。何んというのかね、代理業みたいなものがあって、そこから一まとめにして各地方新聞社に配給するわけです。その随筆がこの新聞に載ったので、二、三日前に送りつけて来ました」

「どんな随筆をお書きになりましたか？」

「いや、ぼくの随筆を読んでもらおうとは思わない。くだらない文章だしね。そんなものよりも、それに載っている広告を読んでほしいのです」

「広告ですって？」

「まあ、ここを見て下さい」

先輩は、その新聞の一ばん裏を見せた。その下には小さな活字でぎっしり詰まった案内欄がある。例の求人求職というやつだ。だが、先輩が指で押えて見せたのは、そういう職業的な欄ではなく、雑件という中の「邪馬台国」という活字で、人の眼を惹《ひ》くように「邪馬」の字だけ大きく出ている。全文は次の通りだ。

「邪馬台国考について郷土史家の意見を寄せられたし。中央学者の説によらない独創的なものを希望する。優秀な論文については東京の有名書店より論文集出版の用意あり。愛媛県温泉郡吉野村浜中浩三宛」

私は呻《うな》った。

あの中年男の役場吏員も病膏肓《こうこう》に入ったとみえる。自分の研究だけでは我慢できないとみえ、今度は全国の郷土史家から邪馬台国考の意見を徴集しようというのである。おそらく、新聞広告は、この福井県の地方紙だけではなく、各県一紙ずつに同文の広告を出しているに違いなかった。中央紙は広告料が高い。地方紙は、その点格段に安いが、それでも、各紙に出すとなると大へんな出費になるだろう。おそらく、浜中は目ぼしい地方紙だけ重点的に広告しているに違いなかった。

「広告を出した人が四国だと書いてあるので、早速、この間の君の話を思い出しましたよ」

と、先輩も面白がっている。

「地方の研究家を集めて中央の学界に挑戦するつもりらしいですね?」

「まさかと思いますが」

「いや、冗談です。しかし、君、その意気は尊重すべきですよ。学問は、もっと民衆の間に開放されなければならない。とかく学者は排他的ですからね」

この排他的というのは、学者が象牙《ぞうげ》の塔に立籠ってアマチュアの研究を全然軽蔑《けいべつ》していること、学閥間の排他主義を指しているらしい。

浜中浩三もなかなか熱心なものだ、と私は思った。全国的に邪馬台国研究の同志を募ったわけだから、あとは、その出版によって研究成果を知るわけである。

ひとくちに出版といっても、安い金ではできない。多分、浜中は村役場の吏員ではあるが、土地の旧家で、かなりな資産を持っているのではあるまいか。彼がぶらぶらと四国から九州に渡って歩き回っているところも、あまり給料をアテにしない人間のようにも思われた。それにしても、私とあの場所で出遇ったのだから、彼が郷里に帰っていれば、葉書の一通でも寄越せばいいと思うのだが、どういうわけか何んの便りもなかった。あまり名前の知れない大学講師の私など彼の眼中にないかもしれぬ。それとも彼のあのときの語り口からして中央の学界を白眼視しているともとれる。

こうして日が経《た》つうち、私の記憶からも浜中浩三が次第に忘れられて行った。

半年ばかり経った頃である。私は、兵庫県の或《あ》る町の消印のある、未知の人から分厚い手紙を受取った。枯れた筆蹟《ひっせき》は次のように綴《つづ》られていた。

「前略。早速ですが、先生は四国の松山近くに居る郷土史家浜中浩三氏をご存じでいらっしゃいますでしょうか。こうお訊《たず》ねするのは、今から五ヵ月ぐらい前、その浜中氏が突然私の家に見えて先生の名刺を私に見せ、先生とは知り合いだと言っていたからであります。私はそれまで浜中氏を全然知っていませんでした。彼の名前を初めて知ったのは、この土地の地方新聞に、邪馬台国考について研究されている人は同好の士として自分のほうに連絡してくれ、という広告文を読んだからです。申し遅れましたが、私は永いこと中学校の教員をして、先年、校長を三年間勤めたのを最後に現在退職している者であります。私の専門は国文ですが、もう十年ぐらい前から邪馬台国のことに興味をもってきております。いま学界で論争されている点も、諸先生がたの著書で詳しく拝見しております。それらを読むにつれ、ますます私の興味はふえ、今度は自分なりの考えで、邪馬台国はどこに在ったのか、魏使がどういう経路でそこに行ったのかの研究をしはじめました。

私にも私なりの推定がありますが、それは余談になりますから省きます。とにかく、そんなわけで、浜中氏の新聞広告を読んで、早速、氏に手紙を出したものです。すると氏からは、その論文をぜひ送ってほしい、できればほかの方のものと一しょにまとめて出版したい。あの広告は相当な反響を呼び、全国に同好の士が居ることが分かってたいへん心強い思いをしているといった意味の返事を貰いました」

ここまで読んで私は、この手紙の目的が予想つかなくなった。そこで、次に急いで眼を走らせた。

「ところが、その返事が来てから三週間ぐらい経って、当の浜中氏が突然私の家に見えました。氏は私の想像よりずっと若く、古いスーツケースを一つ抱えていました。私は喜んで氏を座敷に招じ、好きな邪馬台国研究の話に耽《ふけ》りました。さすがに浜中氏はよく研究していましたし、氏の推定には敬服する点も多くありました。もっとも、私の推定とはかなり違うところもあるので、私も思わずこよなき同学の士を迎えたつもりで討論をいたしました。

さて、そのあとで、私が当夜の氏の旅館の予定を訊くと、まだどことも決めていないという返事です。しかし、何かもじもじしている様子なので、今夜は私の家に泊まってくれと申し出ますと、氏はよろこんでお世話になります、と言いました。その晩は酒など出して語り合ったのですが、私の家は、この地方では旧家で、家は古いけれども相当な広さでございます。

浜中氏は、その晩泊まり、翌《あく》る朝出発したのですが、その前に、あなたの考え方は大へんに面白い、ぜひそれを原稿にしてくれ、ほかにも続々と全国各地から邪馬台国の論文が来ているが、あなたの原稿は巻頭か、その次ぐらいに入れたい、などと申しました。

私はなにも巻頭などに優遇してもらわなくともよいのですが、自分の考えが活字になり、それが全国の同好の士の眼にふれることを喜びました。また変な話ですが、その本が中央の学者諸先生の眼に止まるようなことがあれば、いささかでもお役に立つ点もあるのではなかろうか、あるいは批判して下さるのではなかろうか、そんな虫のいいことも考えたのです。

すると浜中氏は、出版というのは大へんに金がかかる、しかし、この事業はぜひ完成させたい、ついては出版費用の一部を負担してもらえないだろうか、と言うのです。

昨夜の浜中氏の話によると、氏は、その持論に従って九州の佐賀県から鹿児島県まで実際に踏査するので、この費用もばかにならないということでした。実際、氏の洋服も靴もスーツケースも相当くたびれておりました。

この人だけに出版の全額を負担させたくないというのは私だけの考えではないでしょう。大へんに有意義な仕事だし、私の拙《つたな》い論文を発表するのだから、当然、出版費を負担すべきだと考え、浜中氏の言う通り前渡金として金二万円也《なり》を出しました。浜中氏はすぐに原稿を四国の自宅宛に送ってほしい、なるべく早く出版の運びにしたい、原稿が活字になれば、その校正刷も送るから、十分に手を入れてほしい、などと言って立去りました。

そこで、私は寝食を忘れてと言っていいほど懸命になって、一週間ばかりで原稿を五十枚ほど書き上げました。これを浜中氏のところに送りつけたのですが、どういうわけか、原稿を受取ったとも受取らないとも返事が来ません。私としては懸命に書いた原稿ですから、浜中氏の感想も聞きたいし、第一、たしかに受取ったという報《し》らせも貰いたいのです。それが何の音沙汰《おとさた》もありません。

私の知り合いで岡山県に居る教育者がいますが、この人のところにも浜中氏が現われたのを、その通信で知りました。私と同様、浜中氏は彼の家に一泊し、そこでは金三万円也の出版費用を受取ったそうです。その人が私に手紙をくれたのは、やはり浜中氏が訪れたときに私の名前を出したそうで、自分のほうには原稿を送りつけても返事がないが、君のほうはどうか、という問い合わせだったのです。ここでも浜中氏は先生の名刺を出して見せたそうです。

さあ、そうなると、私も少し心配になってきました。浜中氏の住所に宛て原稿を受取ったかどうかの電報を打ちましたが、やはり梨の礫《つぶて》で何の反応もありません。

私は、それではというので、土地の村役場に問い合わせの手紙を書きました。すると、これには返事がありまして、浜中氏は現在、行方不明だというのです。その住所というのは、なんでも、その村はずれに建った掘立小屋で、氏はそこで自炊で暮らしていたそうです。日ごろ何をしているのかよく分からないが、氏は、しばらく居なくなると、またひょっこり舞戻ってくる。本人は学者だといっているが、その掘立小屋に居る間は松山市などに出てバタ屋をしている。仕事の合間には本を読んでいたそうです。手紙がよく来るそうですから、しきりに各地に通信を出していることが分かります。なお、役場では、浜中氏が名刺の肩書に役場吏員と刷り込んでいるらしいが、もちろん、当役場とは関係がないので、念のために断わっておく、とありました。

私は、では、あの新聞広告は一体どのような経路で出されたのだろうかと思い、この土地の地方紙に問い合わせてみると、それは大阪の或る広告取次店から回ったもので、その取次店には浜中氏が小為替《こがわせ》を同封して申し込んだことが分かりました。多分、あの広告は近畿から中国地方、九州地方一帯に出たのではないでしょうか。私には浜中浩三氏の正体が分からなくなりました。あの人は実際は詐欺漢《さぎかん》でしょうか、それとも今も邪馬台国をたどりながら九州を調査して歩いている篤学《とくがく》の士でしょうか。その調査を済ませてからいよいよ出版の運びにとりかかるつもりなのでしょうか。

浜中氏が先生の名刺を私に見せましたので、あるいは先生にお訊ねするのが一ばん手取り早いと存じ、失礼を顧みず、おたずね申上げる次第でございます」

私はこれを読み終わって、足もとの地が崩れたくらいの衝撃をうけたとは言わないが、石につまずいたほどの気持にはなった。

六

この手紙の文中にある通り、私も浜中浩三の正体が分からなくなった。「あの人は実際は詐欺漢でしょうか、それとも今も邪馬台国をたどりながら九州を調査して歩いている篤学の士でしょうか。その調査を済ませてからいよいよ出版の運びにとりかかるつもりなのでしょうか」という手紙の文句は、そのまま私の疑問でもあった。

私が一ばん不安に思ったのは、自分の名刺を浜中に渡したことである。あれを振りまわして各地の郷土史家を訪ねて行ったら、私のような者の肩書でも地方の人は信用するかもしれない。

意外だったのは、浜中浩三の松山近くの住宅が掘立小屋で、昼間は市内に出てバタ屋をしていることだ。してみると、彼は役場の者でも何んでもなかったわけで、これだけでも、まず、詐欺の臭《にお》いがする。

だが、バタ屋にしてもあれほどの「学識」があるのだから、彼は相当の教養は持っていたと思わなければならない。世の中にはニコヨン生活をしていても学問を研究する人もあるから、いちがいに浜中浩三を詐欺漢とのみきめつけるわけにはいかない。俗事に疎《うと》い学究の徒が世に落伍《らくご》しながらも、学問に情熱を燃やしていたとすれば、これは立派なことである。むしろ、象牙の塔という幻影城に立籠《たてこも》り、さしたる勉強もせず、十年一日の如《ごと》く講壇で同じ内容の講義を繰返している教授連にくらべると、よほど尊敬すべきことであろう。

私は浜中浩三を善意から見たい。バタ屋では生活するだけがやっとであるが、彼が邪馬台国研究のために九州を歩いていたことは、この私の眼が実証している。彼には旅費も要るであろう、本も買わなければならない。その研究を世にひろめるには出版しなければならない。自費で本を出すには莫大《ばくだい》な費用がかかる。

こう考えると、浜中浩三が新聞で同好の士をつのり、彼の論文も収録する代わり、いくらかの出版費用を分担させることは、決して悪いことではなさそうである。この手紙の主は、どうやら、浜中があつかましくもタダで飲食、宿泊した上、さらに前渡金をふんだくったと憤慨しているが、その行為には誤解される点があるにしても、もう少し時間が経ってみなければ結果は分からぬと思った。

そこで、私は返事を書いて、名刺はたしかに自分が九州の旅先で浜中氏に渡したこと、彼の考えの一端を私も聞いたが、まやかしものではないこと、しばらく彼の様子をみたほうがよいなどと封書にして送った。

しかし、浜中浩三に関する照会状はそれだけではなかった。四、五日すると、岡山県笠岡《かさおか》付近から二通、鳥取県米子《よなご》市から一通来た。内容はいずれも前に貰《もら》った兵庫県の人のと同じものである。

私は浜中の行動規模が案外広いのにおどろいた。だが、考えてみると、彼の新聞広告は西日本一帯に出されているのだから、あるいはそれが当然ともいえる。手紙はさらに数を増した。島根県の松江、広島県の三次《みよし》、広島市、山口県の岩国、山口市、宇部《うべ》、下関《しものせき》とひろがってくる。さらには九州に飛んで小倉、福岡、熊本、長崎と続々舞い込んできた。

いずれも浜中浩三が自分のところに一晩泊まり、出版契約として一万円から五万円までの間の金を持って行ったというのである。私は、この浜中のコースが兵庫県から岡山県に行き、そこから伯備《はくび》線に乗って鳥取県に入り、さらに西に反転して島根県へ行き、今度は芸備《げいび》線で広島に出て、次は山陽本線を西に向かっていることが分かった。九州に入っても、彼は目ぼしい都市にほとんど行っている。被害者は、浜中浩三の新聞広告を見て松山在の彼に手紙を出した人たちばかりであった。

私はこれらを見て今さらのようにおどろいた。浜中浩三の詐欺行為もさることながら、世の中にはずいぶん邪馬台国研究者もいるものだと思ったのである。これほど「研究家」が兵庫県以西に散在しているとは想像もしなかった。全国的に訪ねると、これら民間の篤学者はどれくらいの数に上るであろうか。

むろん、私にそんな問合せがくるのは、浜中浩三が私の名刺を各地で見せて歩いていたからである。それが彼の信用に大きな役割を演じたと思えば、私も憂鬱《ゆううつ》にならざるを得なかった。あの一枚の私の名刺がくたくたになって浜中浩三の手垢《てあか》に汚れていると思えば、さらに暗い気持になった。

手紙の中には序《つい》でに自説を書き添えてあるのもあった。少しでも自分の考えを他人に知ってもらいたいからであろう。しかし、私は邪馬台国の課題が本命ではない。あくまでも宇佐神宮の研究が目的であった。

いずれにしても、各地の郷土史家がこのように耶馬台国に興味を持っているのは、やはり、この問題が文献もなく遺物もないところから、アマチュアにとっては格好の探究対象になっているからであろう。渺茫《びょうぼう》たる霧に閉ざされた古代史の神秘は、誰もが持つ興味に違いない。

私は、そのうち浜中浩三の詐欺行為が警察沙汰《ざた》になり、私も参考人として呼び出されるのではないかと、少しばかりひやひやしていた。もしかすると、あの風采《ふうさい》の上がらない中年男とどこかの警察で対面するのではなかろうか。私も警察官によって共犯者視されるのではなかろうか。そんな惧《おそ》れが次第に兆《きざ》してきた。

だが、私はどうしてもあの浜中が悪い人間とは思えなかった。宇佐の山奥に当たる安心院《あじむ》の盆地を見渡す所で、二人だけで語った時間を思い出す。異様に輝いている眼と、唾《つば》を飛ばし、口を尖《とが》らせて語った彼の風貌《ふうぼう》が鮮やかに蘇《よみがえ》ってくる。また、安心院の町を二人づれでてくてくと歩き、峠の近くの洞窟《どうくつ》をのぞいたときの浜中の姿、また、バスに乗って山峡の町に下り、別々に宿をとるため別れたときの彼の鄭重《ていちょう》な挨拶《あいさつ》――どう考えても腹黒い男にはみえなかった。

しかし、私の惧れにも拘《かかわ》らず、警察からは何んの連絡もなかった。ところが最初の兵庫の問い合わせの手紙が来てから二ヵ月近く過ぎたころである。私は大分県臼杵地方の人からまた一通の封書を受取った。

私は、このごろ未知の人から手紙がくると不安が先に立つ。浜中浩三のことでは、少々ノイローゼ気味になっていた。さて、その文面というのは珍しく女性からのものである。大事なことだから全文を出してみよう。

「はじめてお手紙を差上げる失礼をおゆるし下さい。実は大へん心配ごとがありましたので、思い切って先生にこれを書く決心になったのでございます。

私の夫は四十七歳になりまして、当地では昔から醬油《しょうゆ》の醸造元をしております。資産は、まあまあ、この辺では一、二だと世間の人に言われております。主人の名前は村田伍平《ごへい》と申し、これは代々当主が受継ぐ名前でございます。主人は家業にも熱心でしたが、一方では郷土史の研究にひどく力を入れておりました。ご承知の通り、この辺は近くに高千穂《たかちほ》峡などがあったりして、天孫降臨の伝説や、神武天皇の言い伝えなどがたくさんございますので、主人の郷土史は、大体、古代史に力を入れていたようでございます。

さて、今から二カ月近く前、四国松山の浜中浩三さんとおっしゃる方が主人を訪ねてみえました。浜中さんとは初対面でしたが、主人はその前から文通をはじめていたようであります。と申しますのは、或《あ》る日、主人がこの地方から出ている地方紙を見まして、浜中さんの邪馬台国研究の同好者を求めるという広告文に興味を覚えたからでございます。主人は当の浜中さんが見えたので大へんに喜び、その晩はお泊めして夜遅くまで話し合っていました。浜中さんは翌《あく》る朝、出版基金として二万円の寄付を主人から受けて出られましたが、一週間ばかりしてまたおいでになりました。今度は三、四日も滞在されました。その間、主人はほとんど商売をほうって、奥の間で浜中さんと何やら地図などをひろげて調べていました。

それから四日目、つまり五月十五日の朝、主人は、私に、これから浜中さんと一しょに邪馬台国を調べに行く、自分たちの推定が合っているかどうかを古いシナの本に書かれた通りの里程を歩いてくる、だから当分長い旅行になるだろうなどと申し、旅費として私から五十万円ほど持って行きました。

主人は、当分帰らないとは言ったものの、私の考えではせいぜい二週間か三週間ぐらいだろうと思っていました。ところが、あれから一ヵ月半近くかかっておりますが、主人は帰宅しないばかりか一度も出先から便りをくれません。主人は、こう申してはなんですが、大へん堅い人で、今までついぞ浮いた噂《うわさ》もなく、これという道楽もございません。道楽といえば、ただ郷土史の本を蒐《あつ》めたり、近所の史蹟《しせき》を歩いたりすることだけでございます。

私が浜中さんを信用したのは、一つには先生の名刺を見せてもらったからでございます。東京の大学の偉い先生と知り合いなら、浜中さんを信用していいと思いました。実際、主人は浜中さんと話しているときは夢中で、よく私のところに来ては、やっぱりこの辺の郷土史家では駄目だ、おれは初めて歯ごたえのある話相手が出来たと、うれしそうに言っていました。いうなれば、主人は浜中さんにすっかり惚《ほ》れ込んだのでございます。

主人はまたこうも申しました。おれも邪馬台国の見当が大体ついたようだ。おまえなどに話しても分かるまいが、と言って紙にざっとした地図を書き、シナの本の地名を当てはめていましたが、それには、邪馬台国の女王、卑弥呼《ひみこ》はヒムカ(日向)(ヒメ)であり、つぎの女王の台与はトヨ(豊)ツ(ヒメ)であり、これらは使者の名前から考えて、この臼杵から宇佐地方に勢力圏を持っていた女王国だったと言うのでございます。それに恵蘇《えそ》ノ宿《しゅく》は、のちの筑前、筑後、豊前、豊後のほとんど接点に位していて、前線基地として十分だから、伊都《いと》国に当てるのは自然だというのです。面倒臭い地名当ては省きますけれども、要するに、こんなことで大いに浜中さんとは意見が合ったようでございます。

余計なことを差入れましたけれども、主人が一カ月半経《た》っても何の音信もせず、また戻ってもこないとすると、私は浜中さんという人が心配になってきました。主人は五十万円の金を持っております。もし、浜中さんに悪心があれば、主人を途中で威《おど》かして金を奪ったということも想像されぬではありません。いいえ、これは私の思い過ごし、悪いほうへの邪推とお取りになるかもしれませんが、私自身その反省をしても、主人の身が気づかいなあまりに、つい、そんな暗いほうへ想像が走るのでございます。

つきましては、先生のお知り合いという浜中浩三さんの人物がどのようなものであるか、折返しお手紙を戴《いただ》けませんでしょうか。その文面を拝見した上で、警察に主人の捜索願を出す考えでおります。お多忙のところをとんだ煩《わずらわ》しいお願いをして申しわけございませんが、微衷お汲《く》み取りの上よろしくお願いいたします」

私は、この手紙に接して少なからず衝撃を受けた。

今までは、浜中浩三が各地の好事家《こうずか》の家に泊まり歩いて金銭を詐取《さしゅ》した程度の悪事だと思っていたが、今度は大金を持った九州の旧家の主人を誘い出して、そのまま二人とも行方不明になったというのである。なるほど、手紙の主が夫のことを心配するのは無理もない。五十万円の金が浜中浩三による誘い出しの狙《ねら》いだったのか、それとも途中で悪心を起こして醬油屋の主人を殺して奪ったのか、その辺のところは分からないが、とにかく容易ならぬことである。

以前から、大金を持った男を連れ出し、殺して奪うという犯罪は少なくない。私は自分の名刺がその小道具に使われたと思うと心配でならなかった。もうどのように善意に解釈しても、浜中に疑惑の眼を向けざるをえなかった。

私はすぐに返事を書き、名刺はこういういきさつで浜中に渡したにすぎないこと、また彼の人物にはまるきり私に知識がないこと、したがって浜中浩三が私に関しどのようなことを言ったか分からぬが、それについては全然自分は無関係であることなどを申し添え、鄭重に先方の心配に同情した。自分も少なからず心を痛めているから、もし御主人の消息が分かったら、早速に報《し》らせてほしいと書いた。

それに対して先方の妻女からは四、五日ののちに返事がきた。事情はお手紙によって初めてはっきり分かったが、その前から大体推察がついていること、また未《いま》だに主人の行方が分からないので、あなたの返事を貰《もら》ったから、思い切って警察に主人の捜索願を出したことなどが書いてあった。

私も気になりながら日を過ごしているうちに三週間ばかり経って、その醬油屋の妻女から三度目の手紙を貰った。

「……警察で捜していただいたところ、主人と浜中さんとは今から二ヵ月前に福岡県朝倉郡原鶴《はらづる》温泉に泊まったことが分かりました。地図を見ますと、この原鶴温泉というのは大分県日田市のすぐ近くだと分かりました。どういうわけでそんな所に泊まったのか、私にはさっぱり様子が分かりません。例の邪馬台国にそんな地名が出てくるのでしょうか。二ヵ月前だというと、家を出てから十日後になります。それまで主人と浜中さんとはどこをうろついていたのでしょうか。また原鶴温泉に泊まったあとはどこに向かったのでしょうか。私には五里霧中でございます。警察の方も、その後の二人の足取りを極力調べる、と申されております。また何か分かりましたらお報らせいたします」

私もこの手紙の主に劣らず二人の行動が気がかりだった。だが、原鶴温泉というのを福岡県の地図で捜してみると、文面の通り日田市に近い西の方角である。私の頭には浜中浩三の曾《か》つての言葉に、ピンとくるものがあった。その原鶴温泉をもう少し筑後川に沿って西に行くと、朝倉村の恵蘇宿になるからである。つまり、そこが浜中の言う「木の丸殿」の址《あと》であり、彼が『魏志倭人伝《ぎしわじんでん》』の「伊都国」に推定している場所であった。してみると、浜中と醤油屋の主人との出立後十日間の行動は、「末盧国《まつろ》」の佐賀県東松浦郡呼子から出発し、徒歩で伊都国の恵蘇宿に来たことになろう。つまり、『倭人伝』にいう末盧、伊都国間の「五百里」を踏破したわけだ。

もとより、この距離は現在の三百キロぐらいだろうから十日間もその歩行に取られたというのは多過ぎるようだが、これは彼らが途中で史蹟を調べたり、相談したり、また往昔の道路を推定するため時間がかかったとみていい。すると、二人が原鶴温泉に一泊して、翌日日田市を通り「奴国」の森市付近に向かったことはほぼ間違いなさそうである。

次は「奴国」から「不弥《ふみ》国」に当たる安心院に向かう彼らのコースが想定される。つまり、伊都国、奴国間の「百里」を、あの二人はとぼとぼと歩いて行ったのであろう。探究心の旺盛《おうせい》な彼らは汽車にも乗らず、バスにも乗らず、恰《あたか》も約千七百年前、魏使が歩いたように、自分の足でその距離感を確かめたに違いない。

それにしても、未だにあの二人の行方が分からないというのはおかしい。日田から豊後森までは鉄道もあるし、道路も立派だ。しかし、森（奴国）から安心院（不弥国）までの踏破は容易ではなかろう。間には山岳重畳とした高原地帯が蟠居《ばんきょ》しているからである。もちろん、車の通るような道路もない。おそらく、古代はついていたかもしれない、いわゆる塩の路《みち》も、千何百年の間に廃道となり、人もその跡の見分けがつかなくなっている。

問題が起こるなら、この森から安心院に向かう途中であろうと私は推察した。山の中だし、人も通らない。家も無い。この孤絶した地帯こそ或る種の犯罪を起こすのに絶好ではないか。

しかし、それから二週間は臼杵から何の通信もこなかった。警察もこなかった。すると、そんな或る日、また醬油屋の妻女から手紙を貰った。今度は速達である。私は悪い予感に駆られて封を切ったが、その不安は当たっていた。

「ご心配をかけましたが、主人と浜中さんの死体は、今朝八時ごろ国東半島の尖端《せんたん》の富来《とみく》という海岸に溺死体《できしたい》となって漂着しました。いま警察から連絡があったので、私はこれから急いで現地に参ります。詳しいことは分かりませんが、とりあえずお報らせいたします」

私は、この不幸な報らせを受けて、はじめて自分の推定が間違いなかったことを知った。

浜中浩三と醬油屋の主人は、不弥国（安心院）から水行二十日を実際に試みたのである。この二人は四日市から駅館川に沿って、舟の速度を想定し、途中何日か泊まり、ようやく海岸の長洲《ながす》あたりに出た。そこから小さな漁船を買入れたのであろう。醬油屋の主人は五十万円の金を持っていたから、古びた小さな漁船ぐらいは購入できたと思う。彼らは長洲から船出して、次の水行十日、陸行一月の旅路に入ったのだ。だが、船が国東半島の尖端を曲がり、『古事記』にいう速吸瀬戸《はやすいのせと》にさしかかったころ、激しい潮流と荒波とが木の葉のような船を襲って転覆させたのではなかろうか。醬油屋の主人は九州の海岸沿いの土地なので、多少泳ぎ方を知っていたとすると、彼が浜中浩三を乗せて南へ邪馬台国行を試みた、とは容易に想像されるのである。

私の眼には、浮世ばなれした古代史の研究家が原始の旅人に還《かえ》って、悠々と船を漕《こ》いでいる姿が泛《う》かぶのであった。詩人の彼らは、昼は太陽の運行を眺め、夜は北斗星をみつめて、決して「南を東に取違える」ようなことはなかったであろう。

解説

郷原宏

松本清張には「学究物」ともいうべき一連の作品がある。ひとすじに学問に打ち込んで優れた業績を上げながら、学歴、学閥、時の運、自身の性格などに妨げられて十分な社会的評価を得られず、次第に孤立していく学究の悲劇を描いた作品群である。

鬼才と呼ばれた考古学者の悲惨な生涯を描いた「断碑」、旧石器時代の人骨をめぐる学界の内幕を疎外された非エリートの視点から描いた「石の骨」、若くして学士院賞を受賞しながら消息を絶った歴史学者の落魄《らくはく》を描いた「賞」、戦争で研究の中断を余儀なくされた老学者の哀しき純愛を描いた「月」などがこの系列に含まれる。

あるいはこれに「或る『小倉日記』伝」「啾啾吟《しゅうしゅうぎん》」「菊枕」など、実力がありながら世に容《い》れられなかった人物の苦悩と悲憤を描いた一連の初期短編を加えてもいいかもしれない。いずれにしろそこに、家庭の貧しさから上級学校への進学を断念せざるをえなかった清張自身の学歴コンプレックスが影を落としていることはいうまでもない。

清張は自伝「半生の記」のなかで、高等小学校を卒業して電機会社の給仕として働いていたころ、旧制中学に進学した同級生と道で出会いそうになると、あわてて物陰に身を隠したと告白している。また三十四歳で兵隊にとられたが、軍隊には学歴による身分差別がないので、会社勤めより気が楽だったと述懐している。

こうした心理的な複合を、哲学者ニーチェにならってルサンチマン（怨念《おんねん》）と名づけることにすれば、自称「暗く貧しい半生」のなかで培《つちか》われたルサンチマンが「或る『小倉日記』伝」以下の初期短編を生み出し、アカデミズムに対する憧憬《しょうけい》と反撥《はんぱつ》が一連の「学究物」に結実したと見ることができる。そしてその「学究物」の延長線上に『日本の黒い霧』『昭和史発掘』に代表されるノンフィクション、『古代史疑』『古代探究』に代表される古代史論が生み出されたのだといえば、少なくとも図式としてはわかりやすいだろう。ノンフィクションはともかく、古代史論は明らかに「学究」の仕事だからである。

さて、この『偏狂者の系譜』には、「学究物」の系譜に連なる三編と、清張短編のもう一つの柱である「新興宗教物」に属する一編が収められている。ひとくちに「学究物」「新興宗教物」といっても決して一様ではなく、テーマも違えばスタイルも違う。実はその多様性にこそ清張文学の懐の深さがあるといえるのだが、あえて四編の最大公約数を求めるとすれば、それは研究（捜査）対象に対する主人公の異常なまでの執着、すなわち

「偏狂」ということになるはずである。

「笛壺《ふえつぼ》」は「文藝春秋」の昭和三十年（一九五五）六月号に発表された。このとき清張は四十五歳。朝日新聞東京本社の広告部に籍を置きながら矢つぎばやに短編を発表し、作家としての地歩を築きつつあった時期の作品である。

物語は、語り手のおれ（文学博士畑岡兼造）が武蔵野の寺で白鳳仏《はくほうぶつ》を見たあと、蕎麦屋《そばや》の二階に泊まる場面から幕を開ける。汚い風呂敷《ふろしき》包みの中には、十年前に帝国学士院賞を受けた大著「延喜式に於ける上代生活技術の研究」が入っている。若い編集者に解説原稿を売り込む際に見せる商品見本のようなものだ。ちなみに前記の「賞」にも、名刺代わりに自著を持ち歩く老残の学者が登場する。

おれは福岡で中学校の教師をしていたとき、遺跡調査に来県した淵島教授に見出《みいだ》されて東大史料編纂《へんさん》所に入った。長い模索の末に延喜式を生涯の研究テーマに定め、二十年間それに没頭した。女学校の教師だった貞代と二人で博物館へ行ったとき、彼女が「笛壺」と呼ばれる土器を見て何気なくつぶやいた言葉から、おれは延喜式に見える廃字の意味をさとる。おれは貞代を愛していたわけではないが、彼女にまとわりつく男への対抗意識から男女の関係を結ぶ。このあたりの心理描写の確かさは、まさに清張の独壇場である。

論文が完成したとき、おれは激しい虚脱感に襲われる。学士院恩賜賞を受賞し、学位をもらったあと、おれは妻子を捨てて貞代の下宿に転がり込む。しかし、この女もまた、おれの余生の伴侶《はんりょ》とはなりえない。おれはいつか博物館の係員に頼んで「笛壺」を吹かせてもらおうと思っている……。

田舎教師から身を起こして象牙《ぞうげ》の塔の階段を上りつめながら、頂上に達すると同時に燃え尽きてしまった老学者の孤愁を描いて間然するところのない秀作である。

「皿倉学説」は「別冊文藝春秋」の昭和三十七年（一九六二）十二月号に発表された。このとき清張は五十二歳。国税庁の高額所得者番付で前年に引き続き作家部門のトップを占め、名実ともに文壇の巨匠になっていた。

主人公の採銅健也は六十五歳。生理学の大家として知られたが、官立大学を定年退職したあと、弟子の長田盛治に拾われてR医科大の教授に収まった。七年前に妻子を捨て、元看護婦の喜美子と井の頭公園近くの小さな家で暮らしている。喜美子には最近愛人ができたらしい。この辺の事情は「笛壺」の主人公とよく似ている。

ある日、医学雑誌に載っていた四国の市民病院の内科部長皿倉和己の論文に興味を惹《ひ》かれる。音の高低、強弱の判断に側頭葉が重要な役割を占めていることが五十四の猿を使った実験によって証明されたというもので、長田らは「田舎医者のたわごと」と一笑に付すが、採銅はその結論の斬新《ざんしん》さに共感を覚える。

そこで弟子に頼んで興信所に調べさせると、皿倉医師には五十二歳の愛人がいることがわかる。もしその看護婦が戦時中に人体実験をした医師と恋愛関係にあったとすれば、五十四の猿は実は「体重六十キロの猿」なのではないか——採銅の想像はどこまでも広がっていく。

功成り名を遂げたはずのこの主人公も、今では燃え尽きた廃物として弟子たちに疎《うと》まれている。その意味では、これもまた一種のルサンチマン文学といえなくもない。ちなみに清張の数ある「学究物」のなかで、医学をテーマにした作品はこの一編だけである。「粗《あら》い網版」は「別冊文藝春秋」の昭和四十一年（一九六六）十二月号に発表された。清張はこの年五十六歳。六月から邪馬台国をテーマにした『古代史疑』の連載を開始し、古代史論に新境地を拓《ひら》きつつあった。

福岡県特高課長の秋島正六は、内務省警保局長の特命で京都府特高課長に転任し、府下に本部のある新興宗教「真道教」の捜査を担当することになる。真道教は十二年前に不敬罪で摘発され、教主の阿守古智彦は一審で有罪判決を受けたが、控訴中に蒙古に逃れ、地方軍閥と結んで神政軍事政権を樹立した。やがて日本に帰国すると凱旋《がいせん》将軍のように迎えられた。再び法廷に立たされたものの、審理中に大赦令が出て免訴になった経緯がある。

一事不再理の原則により、教団が再び不敬罪に問われることはない。秋島はなんとか摘発の突破口を開くべく、懸命に教団文書を調べるが、どうしても一事不再理の壁を乗り越えることができない。秋島のこの捜査方法は、学究の史料探索を思わせる。上司の矢の催促にたまりかねた秋島は、容疑の粗い網版の上に自分の想像力を重ねて、教団による武力蜂起《ほうき》という大事件を捏造《ねつぞう》する。

　昭和十年（一九三五）の第二次大本教弾圧の真相を捜査側の視点から描いたこの作品は、未完の遺作『神々の乱心』とともに、清張の「新興宗教物」の頂点を示している。

「陸行水行」は「別冊黒い画集」の第五話として「週刊文春」昭和三十八年（一九六三）十一月二十五日号〜三十九年（一九六四）一月六日号に連載された。清張古代史ミステリーの記念すべき第一作である。

　物語は、某大学の歴史科の万年講師である「私」こと川田修一が、大分県安心院《あじむ》町の妻垣神社で浜中浩三という男と出会うところから始まる。四国の村役場の吏員で邪馬台国の研究をしているという浜中は、魏志倭人伝に出てくる邪馬台国の所在について自説を開陳する。それによると、伊都《いと》国は福岡県朝倉村恵蘇《えそ》、不弥《ふみ》国は安心院、投馬《つま》国は臼杵《うすき》、投馬国から「水行十日、陸行一月」の邪馬台国は阿蘇の近辺だという。このあたりの記述は大変わかりやすく、邪馬台国問題に対する清張の関心と学殖の深さを物語っている。

　それから一ヶ月後、私は浜中が地方紙で郷土史家に呼びかけた邪馬台国論募集の広告を目にする。さらに半年後、西日本各地の郷土史家から浜中の人物を問い合わせる手紙が届く。浜中はどうやら論文集の出版を口実に金を集めて歩いているらしい。そのうち臼杵の醤油《しょうゆ》醸造業者の妻から、夫が浜中と二人で邪馬台国を探しに行くといって出かけたまま一ヶ月半たっても帰らないという手紙が来る。やがて国東半島の先端で二人の水死体が発見される。それを知った私は、彼らが「水行陸行」を実地に踏査している場面を思い浮かべて感慨にふける。

この作品は出版と同時に読書界の話題を呼び、折からの邪馬台国ブームにさらに拍車をかけた。しかし、清張自身には「この程度のものが自分の邪馬台国論だと思われては困る」という思いがあったので、その二年後に『古代史疑』を書いて自分の理論的立場を明らかにした。その意味で、これは古代史ミステリーの第一作というにとどまらず、清張作品史の方向を決定したきわめて重要な作品である。

初出一覧

笛壺《ふえつぼ》	「文藝春秋」	1955（昭和30年）・6
皿倉学説	「別冊文藝春秋」	1962（昭和37年）・12
粗《あら》い網版	「別冊文藝春秋」	1966（昭和41年）・12
陸行水行	「週刊文春」	1963（昭和38年）・11〜64・1

本書は、昭和30〜40年代作品群から、研究者たちの孤独をテーマに4作品を選び、新たなタイトルを付けたオリジナル文庫です。

偏狂者《へんきようしや》の系譜《けいふ》

松本清張《まつもとせいちよう》

平成19年 3月25日　初版発行
令和7年 9月25日　9版発行

発行者●山下直久

発行●株式会社KADOKAWA
〒102-8177　東京都千代田区富士見2-13-3
電話　0570-002-301（ナビダイヤル）

角川文庫 14614

印刷所●株式会社KADOKAWA
製本所●株式会社KADOKAWA

表紙画●和田三造

ISBN978-4-04-122761-9　C0193

角川文庫発刊に際して

角　川　源　義

第二次世界大戦の敗北は、軍事力の敗北であった以上に、私たちの若い文化力の敗退であった。私たちの文化が戦争に対して如何に無力であり、単なるあだ花に過ぎなかったかを、私たちは身を以て体験し痛感した。西洋近代文化の摂取にとって、明治以後八十年の歳月は決して短かすぎたとは言えない。にもかかわらず、近代文化の伝統を確立し、自由な批判と柔軟な良識に富む文化層として自らを形成することに私たちは失敗して来た。そしてこれは、各層への文化の普及滲透を任務とする出版人の責任でもあった。

一九四五年以来、私たちは再び振出しに戻り、第一歩から踏み出すことを余儀なくされた。これは大きな不幸ではあるが、反面、これまでの混沌・未熟・歪曲の中にあった我が国の文化に秩序と確たる基礎を齎らすためには絶好の機会でもある。角川書店は、このような祖国の文化的危機にあたり、微力をも顧みず再建の礎石たるべき抱負と決意とをもって出発したが、ここに創立以来の念願を果すべく角川文庫を発刊する。これまで刊行されたあらゆる全集叢書文庫類の長所と短所とを検討し、古今東西の不朽の典籍を、良心的編集のもとに、廉価に、そして書架にふさわしい美本として、多くのひとびとに提供しようとする。しかし私たちは徒らに百科全書的な知識のジレッタントを作ることを目的とせず、あくまで祖国の文化に秩序と再建への道を示し、この文庫を角川書店の栄ある事業として、今後永久に継続発展せしめ、学芸と教養との殿堂として大成せんことを期したい。多くの読書子の愛情ある忠言と支持とによって、この希望と抱負とを完遂せしめられんことを願う。

一九四九年五月三日

角川文庫ベストセラー

顔・白い闇　松本清張

有名になる幸運は破滅への道でもあった。役者が抱える過去の秘密を描く「顔」、出張先から戻らぬ夫の思いがけない裏切り話に潜む罠を描く「白い闇」の他、「張込み」「声」「地方紙を買う女」の計5編を収録。

小説帝銀事件　新装版　松本清張

占領下の昭和23年1月26日、豊島区の帝国銀行で発生した毒殺強盗事件。捜査本部は旧軍関係者を疑うが、画家・平沢貞通に自白だけで死刑判決が下る。昭和史の闇に挑んだ清張史観の出発点となった記念碑的名作。

死の発送　新装版　松本清張

東北本線・五百川駅近くで死体入りトランクが発見された。被害者は東京の三流新聞編集長・山崎。しかし東京・田端駅からトランクを発送したのも山崎自身だった。競馬界を舞台に描く巨匠の本格長編推理小説。

犯罪の回送　松本清張

北海道北浦市の市長春田が東京で、次いで、その政敵早川議員が地元で、それぞれ死体で発見された。地域開発計画を契機に、それぞれの愛憎が北海道・東京間を行き交う。鮮やかなトリックを駆使した長編推理小説。

一九五二年日航機「撃墜」事件　松本清張

昭和27年4月9日、羽田を離陸した日航機「もく星」号は、伊豆大島の三原山に激突し全員の命が奪われた。パイロットと管制官の交信内容、犠牲者の一人で謎の美女の正体とは。世を震撼させた事件の謎に迫る。